대한제국연대기

김경록 대체 역사 소설

대한제국연대기

10

大韓帝國年代記

BBULMEDIA FANTASY STORY

북쪽의 봉황은 날아오르고,
남쪽의 용은 몸을 웅크리다

뿔미디어

목
차

제 5 7 장
병거향남(兵車向南)

「○평안 감사 윤훤(尹暄)이 치계하였다.

"방금 의주에서 온 사람이 와서 고하기를 '요병(遼兵)이 어젯밤에 의주(義州)를 공격하여 함락시켰는데 요동군 수만 병거가 다 적진에 있었으며 한의직이 수괴가 되었고 적세는 8만인인데 그 기세가 매우 거세다.' 하였습니다. 청천강 이북은 형세가 지탱하기 어려울 듯하여 안주의 진위대 8천 7백 명을 이미 김완(金完)으로 하여금 이끌고 가 구원하도록 하였습니다. 평양은 진위대 9천 8백 명과 속병(屬兵) 3천여 명이 있어 이들로 군대를 나누어 성첩(城堞)을 수비하도록 하였고 또 주변에 있는 고을의 수령들로 하여금 각각 민병을 인솔하고 입성토록 하였습니다."

이에 황상께서 각부대신에 입궐을 명해 방책을 논하셨다.

○平安監司尹暄馳啓曰: "即刻出義州人來告: '遼兵昨夜攻陷義州, 而遼軍幾萬兵車, 皆在陣中, 韓宜直則爲首魁, 賊勢八萬, 而勢甚熾盛' 云. 清川以北形勢, 似難支撑, 故安州鎭衛軍八千七百名, 已令金完領率往救. 平壤則有鎭衛兵九千八百及屬兵三千餘名, 以此分軍守堞, 且令傍邑守令, 各率民兵入城" 云. 故皇上諭各部諸臣入闕, 論其方策.」

—《세조실록(世祖實錄)》, 101권,
태정(太禎) 28년(1616) 2월 21일 첫 번째 기사

1616년
태정(太禎) 28년 맹춘(孟春)
대한제국 심요도독부 성경 심양부.

오랜 세월에 걸친 권력 투쟁 끝에 결국 심왕부의 옥좌가 금양대군 김제의 손에 쥐어진 지도 벌써 여러 해가 흘렀다.

왕좌에 오를 때 이미 장년(壯年)의 나이였던 그였다.

어렵사리 손에 쥔 권력은 지속적으로 도전받았다.

십 년을 넘게 끈 내전 끝에 결국 그는 요동의 정치를 완전히 장악할 수 있었지만, 그사이 그의 얼굴에는 주름이 파이고, 몸은 늙어갔다.

무력으로 탈취한 권좌가 김제는 늘 불안했다.

내전 중에 황성부에 웅크리고 앉은 태정제와 정략적인 타협을 이루는데 그는 꽤 많은 공을 들였다.

그 끝에 공식적으로 책봉을 받고, 심양권지국사(瀋陽權知國事)라는 임시 칭호를 내던지고, 정식으로 심왕(瀋王)에 봉해진 뒤에도, 그의 불안증은 좀체 가라앉지 않았다.

앓는 이 같았던 누르하치를 영주로 쫓아내는 데 성공했고, 모피 무역에서 나오는 이윤은 국고에 차곡차곡 쌓이고 있었다.

반왕(反王)의 기류는 사그라졌고, 가장 강력한 도전

자였던 조카 김윤의 신병도 손에 넣었다. 그럼에도 불구하고 김제는 밤이면 잠을 편하게 이루지 못했다.

자신이 모살(謀殺)한 형 예양대군과 그 가족이 밤마다 꿈에 나타나 저주를 퍼부어댔다.

그뿐 아니라, 마지못해 김제가 왕위를 습봉하는 것을 허락한 황성의 태정제도 호시탐탐 요동을 견제할 한 수를 노리고 있었다.

김제는 자신의 왕권이 마치 사상누각 같다는 느낌을 지울 수 없었다.

"여전히 요동의 정국은 불안하기 짝이 없네. 때문에 과인은 침식을 잊은 지 이미 오래일세. 왕좌에 앉은 뒤로 국사는 돌보지 못하고 매일같이 적들과 싸우느라 시간을 허비해 왔네. 그러다 보니 이제 세월이 훌쩍 지나, 머리는 예전같이 총명하지 못하고, 몸 또한 날래지 못하게 되었네. 그러나 이대로 죽어, 화려한 금실로 치장하고 땅으로 들어간들 무슨 소용이 있겠는가. 찬탈자의 오명을 덮어쓰고 왕위에 앉았던 것에 만족하고 세상을 뜰 수는 없는 노릇 아니겠는가? 과인은 요동을 황성의 손아귀에서 건져내기를 열망해 왔네. 내가 마지막으로 그 업적을 달성하고 죽는다면, 어느 누가 감히 과인을 세세토록 비난하겠는가."

어느 날, 오랜 측근인 한의직을 내전으로 불러 김제
는 답답함을 토로했다.

김제는 한의직의 공적을 높이 사고 있었고, 그를 마
음 깊이 신뢰했다.

왕위에 오르자마자 한 것이 한의직을 관리들의 우두
머리라고 할 수 있는 도평의정의 자리에 앉힌 것이었
다.

한의직 또한 김제의 배려에 보답하기 위해 밤낮으로
그를 지근거리에서 수발하며 요동의 평정을 도왔다.

이제는 함께 늙은 두 사람은, 여전히 반정은 끝나지
않았다는 데에 인식을 공유하고 있었다.

요동이 진정으로 홀로 서는 날이야말로, 그들의 반정
이 마무리 지어지는 날인 것이었다.

"지난 몇 년간 요동의 내정은 많이 안정이 되었고,
요동군은 여전히 건재합니다. 전하께서 뜻하신다면 언
제고 압록강을 넘어 황성을 압박할 준비가 되어 있습니
다. 지금에라도 결심이 서신다면, 십만 요동병은 전하
의 명을 받들어 지체 없이 말발굽을 달릴 것입니다."

한의직은 담담한 목소리로 김제에게 을렀다.

나이가 들었음에도 그의 풍채는 여전히 당당했고, 말에는 기운이 있었다.

급격히 늙어가는 김제와 다르게, 한의직은 여전히 언제고 말에 올라 전장으로 내달릴 수 있는 사람이었다.

자꾸만 마음이 약해져 가는 김제를 옆에서 다독이는 것이 그의 역할이었다.

그가 당당하게 서 있어야, 김제 또한 늙지 않을 수 있었다.

"나는 지금 적자가 없고, 서자인 세자만이 내 뒤를 이을 수 있네. 안정된 나라를 물려주지 못한다면, 이를 트집 삼아 유약한 세자를 몰아내려고 하는 모리배들이 창궐할 걸세. 세자에게 병력을 맡겨서 공적을 세우도록 하고, 홀로 선 요동을 그놈이 물려받게 한다면, 어느 누구도 감히 치졸한 명분을 내세워 왕권을 위협할 수는 없겠지. 도평의정, 그대가 반드시 세자를 도와 이 일을 이루어주어야 할 걸세."

지난밤 잠을 이루지 못하고 이 일을 고민한 김제였다.

결심을 종용하는 한의직의 말에, 그 또한 확고한 의지를 담아 대답했다.

이제 겨우 스물인 세자는 그의 근심거리였다.

정실이었던 중전 오씨에게서는 아들을 얻지 못했고, 서자인 세자 홍(泓)만을 어렵사리 측실에게서 보았다.

그러나 이제 막 내전이 종식된 상황에서 김제 자신이 급서(急逝)라도 한다면, 서자인 김홍의 왕위 계승은 취약함을 노출할 수밖에 없었다.

누구나 인정할 만한 명분이 필요했다. 자신의 원대한 꿈인 요동 독립을 김홍이 쟁취해 준다면, 그보다 더 좋은 명분은 없을 터였다.

설사 세자 김홍의 능력이 그에 미치지 못해도 좋았다.

한의직이 옆에서 뒷받침해 준다면 충분히 가능하고도 남을 것이라는 것이 김제의 계산이었다.

"신은 준비가 되어 있습니다. 세자 저하께 교지를 내려 대장군에 임명하시고 요동군의 군권을 주어 황제를 치게 하소서. 신이 그 바로 곁에서 봉명하여 대업을 보좌하겠나이다."

한의직은 깊숙이 허리를 숙였다.

그러나 내심 한의직은 속으로 한숨을 토해냈다.

세자 김홍과 그는 잘 맞지 않았다. 그간 부딪힐 일이

없긴 했으나, 세자는 한의직에 대해서 종종 경계심을 드러내곤 했던 것이다.

세자는 안정되고 집중된 왕권을 물려받길 원하고 있었고, 아버지의 곁에서 권세를 누리는 한의직의 존재는 꽤나 껄끄러운 것이었다.

한의직이라고 해서 그것을 모르는 바는 아니었다. 그러나 지금으로서는 세자의 권위를 세워주기 위해 출정에 따라나서는 수밖에 없었다.

이번 출정을 계기로, 심왕 김제의 생각대로 세자가 자신을 중용해 주게 된다면 그로서도 나쁘지는 않을 일이었다.

"설사 우리가 황성부까지 경략하지는 못하더라도, 태정제의 휘하에는 아군을 몰아쳐서 심양까지 몰아올 병력이 없네. 적절히 군사력을 과시하여 황성부의 영향력을 공식적으로 끊어내는 것이면 충분하네."

"유념하겠나이다."

한의직과 전략을 논의한 심왕 김제는 다음 날 대전으로 중신들을 모두 불러 모아 거병을 선언했다.

"요동은 원래 중원에 속한 땅도 아니고, 삼한에 속한 땅도 아니라, 고래로 그 나름의 습속과 풍습을 지니고 있었다. 때로는 나라를 크게 일으켜 위명을 떨치기도 하고, 혹은 시일이 좋지 않아 주변에 종신하여 오기도 했으나, 요동의 기풍만은 세월의 풍침에도 죽지 않았다. 심왕부의 왕통이 이미 이백여 년을 내려왔고, 그간 때를 보아 몸을 웅크리고 있었으나, 이제는 나라를 세워도 가히 모자람이 없을 정도로 융성하게 되었다. 이에 거병하여 요동의 기치를 만천하에 떨칠 것을 명하니, 제신은 과인의 뜻을 받들어 한 치의 흐트러짐 없이 대업을 달성하는 데 진력을 다 하도록 하라."

그간 여러 가지 이해관계가 얽혀 있었지만, 여러 번의 숙청 끝에 요동의 관료계층은 심왕 김제를 지지하는 강경파들이 장악하고 있었다.

황제에게 반기를 들겠다는 김제의 말에 감히 반대하고 나서는 자들이 없는 것도 그 때문이었다.

오히려 이들은 이번 전쟁을 호기로 생각하고 있었다. 황성부의 입김이 사라진다면 요동은 새롭게 거듭나게 될 것이었다.

시대가 바뀔 때 권력을 한자리 차지하게 된다면, 그것을 후대로 물리는 것은 어렵지 않을 터였다.

나름대로 계산이 빠른 신료들은 심왕 김제를 적극적

으로 지지하며 종군(從軍)을 자청하고 나서기도 했다.

어차피 이번 원정을 전면전으로 비화될 것이라 받아들이는 이들은 없었다. 내지에 대한 전력의 우위를 확신하고 있었고, 태정제의 그간 행적을 보아 왔을 때 많은 손실을 각오하면서까지 요동과 내전을 불사할 것이라 생각되지는 않았다.

병력을 동원해 평안도로 진입하는 순간, 황성에서는 이 일을 불식하고자 많은 조건들을 내걸 터였다.

이를 빌미 삼아 요동의 자치를 공인받고, 지금까지의 번왕의 체제를 벗어나, 국왕(國王)으로 나라를 세워 국호를 정하고, 종묘와 사직을 세우는 것이 이들의 최종 목표였다.

"사저에 유폐한 김윤에게도 종군을 명하여 충성을 증명하도록 하라."

김제는 이참에 아예 불안의 싹을 잘라 버리기로 결심했다.

어차피 태정제와 척을 지기로 결심한 이상, 김윤의 신변을 더 이상 보장해 줄 필요가 없다는 것이 그의 생각이었다.

전장에 내보내 전투 중 전사한 것으로 위장해 제거해

버린다면, 세자의 권력은 더욱 튼튼해질 터였다.

왕위를 계승할 수 있는 종친이 더 이상 없는데, 누가 감히 세자의 권위에 의문을 던질 수 있을 것인가.

심왕 김제는 이번 출정을 모든 일을 정리할 절호의 기회로 여겼다.

그는 더 이상의 물러섬은 불안의 싹을 키울 뿐이라고 생각했다.

"세자도 모르게 이 일을 처리해야 할 걸세. 기회가 오면 믿을 만한 사람 몇으로 비밀리에 김윤의 숨통을 끊어야 할 걸세. 전투 중이라면 더욱 좋겠지. 그대 딸에게는 미안한 노릇이나……."

심양의 성중이 출정 준비로 들썩이고 있는 동안, 김제는 한의직을 다시 남몰래 불러 김윤을 처치할 것을 단단히 다짐받았다.

김윤의 신병을 확보했을 때, 심왕 김제는 이 어린 조카에게 해완군(海婉君)의 군호를 내려줌과 동시에 한의직의 고명딸을 김윤에게 시집보냈었다.

한의직의 그늘 아래에 김윤을 두어, 감히 해완군 김윤이 꼼짝할 수 없게 하고자 하는 저의가 있었기 때문이다.

정치적 이유에서였지만, 어찌 되었든 한의직은 김윤의 장인이 되었고, 심왕 김제가 이번 일을 미안하게 여기는 이유도 그 때문이었다.

김제로서는 사위를 죽이도록 장인에게 명하는 꼴이 된 것이었다. 그러나 한의직은 확고한 어조로 심왕 김제를 안심시켰다.

"반드시 그렇게 하겠습니다. 유념을 거두시고 낭보를 기다리고 계시면, 신이 반드시 좋은 소식을 심양으로 보내겠나이다."

한의직은 사위에 대한 애정은 전혀 없다는 듯, 냉정하게 심왕의 명을 받아들였다.

그 또한 딸에 대한 안타까움은 있었으나, 정치라는 것이 매사 희생을 요구한다는 사실을 누구보다 잘 알고 있었다.

"그대만 믿고 있겠네."

한의직의 다짐을 받은 심왕 김제는 정식으로 종군을 명하는 교지를 김윤의 사저에 보냈다.

무장한 스무 명의 병력이 김윤의 집 문을 두드려, 명을 강제로 받게 하고서는 그 길로 준비할 틈도 주지 않고 말에 태워 병영으로 보냈다.

"몸 성히 돌아오셔야 합니다."

한의직의 딸이자 해완군 김윤의 처인 한연(韓淵)은 불안한 표정으로 남편의 손을 붙잡으며 말했다.

뜻하지 않게 시집오게 된 그녀였지만 남편에 대한 사랑은 지극했었다.

딸에 대한 사랑을 거의 표현하지 않았던 아버지에 비해, 해완군 김윤은 그녀를 증오할 만한 상황임에도 늘 다정다감하게 부인으로써 그녀를 대해 주었다.

때문에 이 유폐된 생활 중에서도 부부의 금실은 좋았고, 그녀는 심적으로 남편과 뜻을 함께하고 있었다.

그녀는 내심 아버지가 사위를 죽음의 길로 내몰지는 않을 것이라고 생각은 하고 있었지만, 그간 패업을 위해서는 어떤 일도 마다하지 않았던 심왕과 아버지 한의직을 떠올려 보면 불안한 것도 사실이었다.

그녀는 위급 상황에 쓰라고 당부하며 급하게 병영으로 끌려 나가는 지아비에게 어렵사리 구한 권총 한 정을 품에 넣어주었다.

"이 총을 쓸 일이 없으셨으면 좋겠습니다."

"괜찮을 것이오. 반드시 다친 곳 없이 돌아오겠소."

김윤은 부인의 머리를 쓰다듬으며 무사히 귀환할 것

을 약속했다.

어린 딸과는 작별 인사도 하지 못하고, 김윤은 그렇게 급하게 요동군 병영으로 호송되어 가, 그곳에서 바로 군장을 지급받고 출정에 합류할 것을 명받았다.

장교로 보임받긴 했으나, 그에게 주어진 것은 호위 군관 한 명뿐이었고, 지휘권은 내려지지 않았다. 오히려 그를 둘러싼 감시 병력만이 그의 신세를 절감하게 해줄 뿐이었다.

"이번에 공을 세운다면 전하께서도 자네를 다시 볼 걸세. 반역자의 누명을 벗고 당당한 종친으로 국사를 거들 수 있을 것이라, 이 말일세."

한의직은 사위를 불러 놓고 이렇게 을렀다.

그러나 말을 하는 한의직도, 듣고 있는 김윤도 그것을 믿고 있지 않았다.

한의직은 내심 김윤을 언제 처결해야 할지 고심하고 있었고, 김윤은 이 서슬 퍼런 장인의 눈동자에서 알 수 없는 경계심을 읽고 있었다.

"유념하여 반드시 전공을 세우겠나이다."

김윤 또한 내심 다른 계획을 세우고 있었다.

압록강을 건너 전투가 심화되면 그는 탈주를 감행하

여 제국군에 투항할 생각이었다.

그는 한시도 백부인 심왕 김제에 대한 원한을 잊은 적이 없었다.

아버지인 인양군 김율을 죽음으로 내몰고, 자신의 신세 또한 이리도 구차하게 만든 백부였다.

황성부로 도망하는 데 성공한다면, 그곳에 있는 외숙들과 태정제가 자신을 비호해 줄 터였다.

심양에서 감옥 같은 생활을 지속할 생각이 김윤에게는 추호도 없었다. 심양에 남은 사랑하는 처자식이 걸리긴 하지만, 김윤의 처와 딸인 동시에 한의직의 딸과 외손녀이니 아마 고초를 치르지는 않을 터였다.

"알겠습니다."

서로 다른 꿍꿍이를 가지고 있었지만, 지금은 서로 그것을 티낼 수 없었다.

김윤은 공손하게 장인에게 다짐을 하고서는, 감시 병력에 둘러싸여 다시 자신의 막사로 돌아왔다.

심양 성 밖의 너른 벌판 위로, 요동 각처에서 병력이 상경하여 집결하고 있었다. 거진 8만에 달하는 병력이 압록강을 넘어 내지로 육박하게 될 터였다.

김윤은 나부끼는 깃발들을 보며 생각에 잠겼다.

모르긴 모를 일이나, 역사의 거대한 흐름이 지금 격렬하게 요동치기 시작했다는 사실은 알 수 있었다.

이 노도 같은 흐름 속에서 김윤은 자신이 어떻게 살아나가야 할지, 지금 이 순간은 도저히 알 수 없었다.

1616년
태정(太禎) 28년 중춘(仲春)
대한제국 평안도 의주부(義州府).

제국 전체가 태양력인 건양력(建陽曆)을 받들어 시행하기 전, 정초(正初)는 곧 봄의 시작을 의미했었다.

한 해의 첫 달은 곧, 겨울이 지나가고 봄이 찾아오는 시기와 맞물렸다. 그러나 건양력의 시행으로 한 해의 시작은 좀 더 앞으로 당겨졌고, 설이 되고도 두 달은 지나야 파종기가 다가오게 되었다.

그러나 그것을 감안하더라도, 봄이라는 명칭이 무색하게 겨울은 점점 길어지고 있었다. 오랜 세월 지속되었던 온난기가 끝나고 전 세계적으로 소빙기(小氷期)가 찾아오고 있었던 것이다.

농작물의 소출은 감수하고, 겨울은 좀 더 춥고 길어

졌다. 이러한 상황은 요동이나 내지나 할 것 없이 점차 사회적인 부담을 가중시키고 있었다.

심왕 김제가 황성과의 결전을 결심한 데에는 이러한 요인도 무시할 수는 없었다.

그렇잖아도 요동은 내전으로 인구가 줄고, 농작물의 소출도 줄고 있었다.

전반적으로 자기 토지를 보유한 소농(小農)의 숫자는 격감했고, 이 빈자리를 호농(豪農)들이 대농장을 구성하며 매워 나갔다.

그러나 지역의 유지로 올라선 이러한 호농지주들은 소작인의 숫자가 줄어 농지를 경작할 인력이 부족하다고 느끼고 있었고, 덩달아 기후가 한랭해져서 소출 또한 줄었다.

때문에 이 부담을 상쇄하고자 농업작물의 생산을 포기하고 목축을 하거나, 특용작물의 재배를 시도했다.

전체적으로 이들 지주들은 이를 통해 많은 이윤을 남길 수 있게 되었지만, 반대로 이제는 소작농들이 땅에서 밀려나기 시작했다.

생계 수단을 잃은 인구가 늘어난 데다가, 그나마 생산되던 곡물이 시장에서 거의 흔적을 감춤으로 인해,

요동은 전체적으로 식량을 자급하지 못하고 수입에 의 존할 수밖에 없게 되었다.

이러한 상황에서 조정으로 보내고 있는 세폐(歲幣)는 큰 부담이 되었고, 사회적 동요를 방지하기 위해 일자 리 없는 유랑민들은 근심거리가 되고 있었다.

심왕 김제는 이러한 상황의 타개책을 산업의 촉진에 서 찾기 보다는, 외부적 발산으로 해결하려 하고 있었 다.

일자리가 없는 젊은 청년들을 군대로 보내 싸움터에 내보내고, 이번 출정으로 세폐를 끊어 재정을 좀 더 확 충시키려 했던 것이다.

요동을 독자적인 국가로 만들고, 정책의 자율권을 획 득하겠다는 논리의 이면에는, 이렇게 자연 지리적 환경 의 변화 또한 영향을 미치고 있었던 것이다.

식량은 명나라와 우호 관계를 유지하고 있기에, 언제 고 돈만 주면 사올 수 있었다.

명에서 곡량의 반출을 금하는 아무런 조치가 취해지 지 않고 있었기 때문이다. 도리어 곡식의 수매를 책임 지고 있는 관리들은 팔지 못해 안달이었다.

명나라 만력제의 치세 동안 명의 궁중정치는 완전히

엉망이 되었고, 때문에 명 조정의 환관들은 나라의 곳
간을 제멋대로 털어서 요동에 팔고 있는 상황이었다.

이러한 부정은 너 나 할 것 없었고, 오죽하면 곳간지
기의 위세가 삼공(三公)을 누른다는 말이 나돌 정도였
다.

마음만 먹으면 요동에서는 장강 하류 강남에서 생산
된 질 좋은 쌀을 공식적이든 비공식적이든 수입해 들여
오는 것은 큰 문제가 아니었다.

그러나 이 돈을 확보하기 위해서는 위와 같은 문제들
이 해결되어야 했다.

모피 무역으로 들어오는 돈만으로는 국가 재정에 날
로 가중되어 가는 부담을 일소하기에는 부족함이 있는
것이 사실이었다.

여하간, 요동군이 압록강을 향해 출진한 1616년의
겨울은 유난히 혹독했다.

1월말에 출정해 2월에 압록강에 육박한 군대는 의주
군 건너편에 둔영을 차리고 내지의 분위기를 정탐하기
시작했다.

압록강은 여전히 얼어 있었고, 언제고 마음먹으면 도
강하는 것이 불가능하지 않은 상황이었다.

지휘부는 내심 쾌재를 불렀지만, 병사들은 추위에 지쳐 가고 있었다.

북쪽의 사나운 겨울과 싸우는 데 익숙해진 요동군이었지만, 오랜 행군만으로도 동상자가 나오거나 부상자는 속출했다. 그만큼 그해 겨울 추위는 극성을 부리고 있었다.

"병사들이 추위에 지쳐 가고 있습니다. 차라리 어서 전투를 벌여 남쪽으로 내려가 따뜻한 잠자리와 먹을 식량을 조달하는 것이 유리합니다."

압록강의 도강 시기를 놓고 지휘부는 분열되어 있었다.

한의직은 당초 세자 김홍을 허수아비로 여기고 있었다. 그간 유약한 모습만을 보여 왔던 세자였다.

공훈을 쌓기 위해 전장에 나오긴 했지만, 그 공적을 직접 쌓을 능력은 세자에게는 없었다.

동궁에서만 지내온 그에게는 패기만 있을 뿐 충분한 경험이 없었기 때문이다.

때문에 그 쌓아야 할 공적이라는 것이 사실은, 직접 쌓을 것이 아니라 한의직이 만들어주는 것이었다.

한의직뿐만 아니라, 심지어 심왕 김제도 그리 생각하

고 세자를 전장에 보낸 상황이었다.

허니 세자로서는 안전한 장소에서 몸을 사리고 있으면 그걸로 충분한 일이었다.

그러나 세자 김홍은 전장에 나오자마자 사람이 변했다.

그는 적극적으로 군을 장악해 지휘하기를 원했다. 때문에 한의직이 내어놓는 의견에 사사건건 번대하고 있었다.

김홍은 젊은 혈기로 자신이 직접 이 출정을 진두지휘하여 만족스러운 명성을 얻기를 원하고 있었다.

그는 노신(老臣)이라 할 수 있는 한의직의 존재가 부담스러웠고, 가급적이라면 자신이 왕위를 물려받을 때를 대비해서 한의직의 날개를 꺾고자 하는 생각이 심중에 있었다.

그것은 구체적은 것은 아니었다.

하지만 적어도 전장에서의 주도권을 한의직에게서 적극적으로 뺏어오고자 세자 김홍은 노력했다.

"안 되오. 병사들이 지친 상태에서 적을 기습한다면, 우리가 승전할 것을 장담할 수 없지 않겠소? 병사들에게 따뜻한 술과 음식을 내어주고 날씨가 풀리길 기다립시다."

세자 김홍은 한의직이 도강을 결행하자고 제의하는 것을 반대하고 나섰다.

그는 이참에 요동군의 환심도 살 계산이었다.

병사들이 지치고 힘들었을 때, 자신의 이름으로 술과 고기를 내어 준다면, 병사들은 세자 김홍을 칭송할 수밖에 없었다.

그러나 한의직은 도저히 그 의견에 동의할 수 없었다.

"저하, 날씨가 풀리면 압록강이 녹습니다. 그때 도강을 하고자 하면 필히 두세 배의 노력을 필요로 할 것이고, 적들도 방비를 마치게 됩니다. 더군다나 강을 건널 충분한 뗏목을 구하지 못하면 묵직한 포들을 가지고 갈 수 없습니다. 적의 성새를 공략하기 위해서 대포는 필수적입니다. 설마 그걸 다 버리고 가실 생각이십니까?"

한의직과 요동군의 수뇌부는 세자 김홍을 필사적으로 설득하고자 했으나, 김홍은 요지부동이었다.

모자란 식량은 적진에서 노략하면 된다고 주장하며, 그는 남아 있는 식량을 모두 병사들에게 풀어주었고, 술까지 내어 잔치까지 벌였다.

이렇게 강 너머가 소란스럽게 되자, 처음에는 요동군이 그저 병력을 이동하는 것으로 여겼던 의주의 제국군 15진위대도 차츰 요동군의 움직임을 수상하게 여기기 시작했다.

사실 의주의 제15진위대는 여러모로 강병이라고 하기는 힘든 군대였다.

오랜 세월 전 명과의 전쟁을 치른 뒤로, 2백 년의 세월 동안 이곳 평안도는 매우 평화로운 지역이었다.

요동의 존재는 이곳을 변경이 아닌 내륙으로 만들어 주었고, 이곳에 주둔한 군대는 그 세월 동안 전투다운 전투를 경험해 본 적이 없었다.

명과의 긴장 관계가 한창이던 1421년 창설된 15진위대는, 초창기에는 북방 정벌에 종군하여 그 명성을 휘날렸으나, 차츰 그 병력도 줄고 사기도 저하되어 군대라고 부르기 부끄러운 상황이 되어 있었다.

진서의 왜란을 평정하는 과정에서 제국군의 주축은 삼남의 진위대들이 되었고, 북방의 전력은 지속적으로 감축되고 있었다.

요동이 내전을 겪는 동안, 정세의 불안함을 감지한 태정제는 지속적으로 이 북방 전력을 보강하고자 노력했고, 그 일환으로 뛰어난 장수인 이괄(李适)을 이곳 15진위대의 진위대장으로 부임시켰다.

그러나 이괄의 노력에도 불구하고 이 15진위대는 보급 상태가 조금 나아진 것 외에는 크게 달라진 것이 없었다.

여전히 만연한 병역 기피로 복무하고 있는 병사들은 돈이 없고 교육을 받지 못한 하층 계급의 장정들뿐이었고, 자연스럽게 사기가 고취되지 않았다.

무기는 녹슬고, 총탄은 제때 보급되지 않아 무장 상태도 좋다고 할 수 없었다.

젊은 나이에 그 능력을 인정받아 고속 승진한 이괄은, 아직까지 완숙함이 부족해 진위대를 완전히 장악하고 있지 못했다.

여러 가지 문제가 해결되지 않은 상황에서, 지역 유지들과 유착하고 있는 진위대의 군관들은 이괄의 개혁에 사사건건 훼방을 놓는 판국이었다.

겨우 6천이 조금 넘는 15진위대의 병력 중에 당장 싸움이 일어나면 제 몫을 할 병사는 겨우 천 명도 되지 않는다는 것이 이괄의 판단이었다.

그런 와중에, 압록강 너머에서 수상한 낌새가 감지되

자 이괄은 당혹하지 않을 수 없었다.

"정탐을 해 보니, 건너편의 요동군 병세가 거의 수만에 육박하는 것 같네. 이게 단순히 병력의 이동이라고 볼 수 없는 수준이야."

이괄은 부관인 육군 부위(副尉) 임경업(林慶業)을 불러 놓고 나직이 말했다.

육군진무관을 우수한 성적으로 졸업하자마자 바로 이괄과 함께 15진위대로 배속된 임경업은, 이괄로서는 가장 신뢰하고 흉중을 털어놓을 수 있는 상대였다.

"참장님, 저들이 깃발을 치켜들고 건너편에서 움직이기 시작한 것이 벌써 열흘이 넘습니다. 아직 추위가 기승이라 강이 얼어붙어 있으나, 이제 곧 봄이 올 것은 자명할 것인데, 아직 도강을 하지 않고 있다는 것은 전투를 벌일 의지가 없다는 것이 분명합니다. 제가 적의 지휘관이라면, 강이 얼어붙은 지금을 절호의 기회로 보고 의주성을 기습했을 것입니다."

임경업은 당연하게도 논리적인 대답을 내어놓았다. 사실 요동과 내지의 사이가 갈수록 악화되어 가고 있었지만, 설마하니 황성과 심양이 서로 아귀다툼을 벌일 것이라고 생각하는 사람은 사실 별로 없었다.

이괄이나 임경업 또한 애초에 요동과의 전투를 상정하는 것이 힘들었고, 더군다나 설사 요동군이 의주성을 공격할 생각이라 해도, 상식적인 지휘관이라면 도강이 용이할 때 강을 건너는 것이 당연했다.

"그래도 수상해. 전례 없이 병력을 강변에 집결시키지 않았나. 심왕이 미치지 않고서야 설마 강을 건너서 오기야 하겠냐마는……."

이괄은 평소에 의심이 많은 사람이었다. 나쁜 의심이라기보다는 매사에 돌다리도 두들겨 보고 건너는 성격이라고 할 수 있었다.

그의 육감이 불길한 경고를 보내고 있는 데다가, 정황마저도 수상하기 짝이 없었다.

더군다나 정초에 당연히 입경(入境)하여 의주를 지나 황성부로 올라가야 할 요동의 사절도 올해는 없었다.

반대로 그 연유를 묻고 질책하려 심양으로 가는 황제의 칙사가 황성을 출발해 올라오고 있다는 소식만 들었을 뿐이다.

"이 무슨 소동인지. 그래도 혹시 모르니 병사들을 동원해 녹슨 철침이라도 강 둔덕에 묻어두도록 하고, 포신을 정비하고 보총 또한 언제고 쓸 수 있도록 병사들에게 지참시키게."

이괄은 한숨을 내쉬었다.

그래도 혹시 모를 일이니 최소한의 방비는 해두어야
했다.

확신 없이 임경업에게 명령을 내리면서, 이괄은 지끈
거리는 머리를 짚었다.

"우선은 그리해 두도록 하겠습니다. 허나 너무 심려
하지는 마십시오. 설마 심왕 김제가 그리 흉흉한 사람
이라 하더라도, 어찌 감히 황제에게 배역할 흉중을 품
고 강을 건너겠습니까?"

임경업은 얼굴 만면에 웃음을 띠우며, 이괄을 다독였
다.

새파랗게 어린 부관에게 위로받는다는 사실에 잠시
부끄러워진 이괄이었지만, 지금은 그런 체면까지 생각
할 여유는 없었다.

"아, 그리고 혹시 모르니 후방의 진위대들에게도 동
태의 수상함을 상세히 적어 보내고, 가급적이면 황성의
조정에도 사실을 알리도록 하게."

"안주의 제8진위대와 평양의 제10진위대에 파발을
보내겠습니다. 조정으로 올라가는 서계는 평양에 도착

하면, 평양의 진위대장과 평양감사께서 판단해서 조치하실 겁니다."

"그래, 일단 그렇게 해두도록 하지."

"그보다는 이번에 또 명을 내리시도록 하면, 진위대의 군관과 병사들이 태만하게 나올 것입니다. 확실히 군령의 위엄을 이번 기회에 세우시는 편이 좋을 것입니다."

임경업의 말에 이괄은 고개를 끄덕였다.

확실히 나태함에 익숙해져 있는 15진위대의 군관과 병사들은, 이괄이 지나치게 군인답다고 생각하고 있었다.

적도 없는 대신 보급도 없는 이곳에서 무슨 사서 고생을 하냐는 논리였다.

당연한 이야기이지만, 이들 중 요동군이 강을 건너 자신들을 공격할 것이라고 여기는 이들은 아무도 없었다.

이괄의 명에 투덜대면서도 군관과 병사들은 의주성의 방비를 보강하는 작업에 나설 수밖에 없었다.

군기를 위반하는 자는 단호히 군령에 따라 처벌하겠다는 엄포가 내려졌기 때문이었다.

그러나 예상대로 병기고에 보관된 무기들의 상태는 형편없었다.

전진 배치하기는 했으나, 녹슨 포는 과연 제몫을 할지 의문이었고, 사용 가능한 보총의 숫자는 병력 숫자에도 미치지 못했다.

혹여 적이 도강할 경우 기병들이 앞으로 나서지 못하도록 강둑에 묻어둔 철침은 숫자도 적고 녹이 잔뜩 슬어 제 몫을 할지도 의문이었다.

그러나 이괄로서는 지금 최선을 다하는 수밖에 없었다. 우려하는 일이 터지지 않기를 바라면서 말이다.

혹여 모를 사태에 전전긍긍하고 있는 것은 이괄뿐만이 아니었다. 강 건너편의 요동군 막사에 앉아 있는 한의직의 속도 점점 타들어 가고 있었다.

의주의 진위대 병력이 갑자기 바쁘게 움직이고 있다는 첩보는 당연히 한의직의 귀에도 들어오고 있었다.

더군다나 날씨가 풀릴 조짐이 보이기 시작하며 강이 녹을 시기가 다가오고 있었다. 혹여 때를 놓치면 예상치도 못했던 패전을 겪을 수도 있었다.

결국 고민 끝에 한의직은 세자 김홍을 무작정 찾아가 투구와 검을 김홍의 앞에 내려놓으며 으름장을 놓았다.

"세자 저하. 지금 도강하지 않으면 때가 늦습니다. 더 이상 곡량도 없을 뿐더러, 병사들은 점차 경계심을 잃어가고 있고, 강은 이제 곧 녹을 것입니다. 지금 건너가실 생각이 없으시다면 신은 이만 지휘권을 내려놓고 성경으로 돌아가고자 합니다."

한의직을 경계하고 있는 세자였으나, 출정에서 한의직의 존재는 절대적이었다.

그와 같은 노련한 장수가 없다면 사실 세자 혼자서 요동군의 수만 병력을 지휘하는 것은 불가능한 일이었다.

한의직이 작정하고 도강을 재촉하자, 세자는 더 이상 발을 뺄 수가 없게 되었다.

"아, 알겠소. 경이 그렇게까지 말한다면 나로서는 판단을 존중할 수밖에 없지. 내일 새벽에 야음을 틈타 압록강을 건너도록 합시다."

세자는 이마에 흐르는 땀을 훔치며 한의직에게 얼버무렸다.

속으로는 한의직에 대한 분노를 느끼면서도, 동시에 그 박력에 눌려 버린 것이었다.

"그리 알고 병사들을 준비시키도록 하겠습니다. 그럼

신은 이만."

한의직은 다시 투구와 검을 집어 들고 세자의 막사를
나섰다.

안에 남은 세자는 책상을 뒤엎으며 소리를 질러댔다.
듣지 않았으면 좋았으련만 한의직의 귀는 늙은 나이에
도 아직 밝았다.

눈을 질끈 감으며 한의직은 고개를 저었다.

아버지인 심왕에 비해 한참을 못 미치는 세자였다.
차라리 왕의 재목으로서는 사위인 김윤이 나았다.

생각이 그쯤에 미치자 한의직은 화들짝 놀라 한숨을
쉬었다. 자꾸 사위에게 정을 주어서는 안 되었다.

이번 출정 중에 자신이 명령을 내려 죽여야 할 사람
이었다.

한의직은 멀리 보이는 압록강을 바라보며 복잡한 생
각에 잠겼다.

예양대군을 지지하는 한씨 문중에서, 홀로 금양의 패
기에 반해 그를 지지하고 집안과 연을 끊었던 한의직이
었다.

금양대군의 명으로 북방 개척에 나서 초원과 삼림지
대를 떠돌며 요새를 세우고, 무기를 팔고, 모피를 사들였었다.

그렇게 금양의 측근이 되어 반정을 도왔고, 내전에서
도 금양의 수족이 되어 반군들을 뿌리 뽑는 데 앞장서
왔었다.

그 긴 세월 동안 한의직은 인간으로서의 연민과 감정
을 버리고자 노력해 왔었다. 냉철하게 사고하고, 대업
을 최우선으로 삼고자 했었다.

그렇게 그간 자신의 손에 뿌려져 나간 피가 적지 않
았다. 그런데 나이가 들수록 마음이 자꾸 약해져 가고
있었다.

문득 딸의 얼굴이 떠올랐다. 마음에서 치솟아 오르는
회의감을 억지로 누르며 한의직은 도강을 지휘할 장교
들을 불러 모았다.

이미 걸어온 길이었다. 지금 와서 새삼스럽게 숭고한
척해 봐야 무슨 의미가 있을 것인가.

한의직은 마음을 다시 단단히 추슬렀다. 의주를 공격
하는 와중에 가능하다면 사위 김윤을 제거해 버릴 생각
이었다. 더 이상 고민은 무용이었다.

"세자 저하의 명이 떨어졌소. 해완군 김윤을 선봉에
내세워 새벽녘 강을 건너겠소. 전군의 준비를 단단히

하고 경계를 게을리 하지 마시오."

한의직의 묵직한 목소리가 울렸다.

1616년

태정(太禎) 28년 중춘(仲春)

대한제국 황성부.

천 리를 달린 파발이 황성부의 서문인 돈의문(敦義
門)으로 들어선 것은 2월 20일 밤의 일이었다.

오랜 기간 외부의 위협이 없었던 서북방면으로는 봉
화 체계가 사실상 무너진 지 오래였다.

봉화를 올리면 쉽게 알릴 수 있는 사실을 평양감사를
거쳐 뒤늦게 파발이 도착하는 바람에, 황성부는 의주성
이 요동군에 의해 공격당한 지 닷새가 지나서야 겨우
이 사실을 알게 되었던 것이다.

아닌 밤중에 전혀 예기치 못했던 급보를 받은 황제는
깜짝 놀랐다.

침전에 들려던 차에 군부에서 궁내부를 거쳐 온 보
고를 받은 태정제는, 다시 발걸음을 돌려 대전으로 향
했다.

내각회의가 긴급하게 소집되었고, 대신들이 황제의 부름을 받아 차례차례 입궐했다.

야심한 시각, 어둑한 대전에는 기름등이 내걸렸다.

어좌에 앉은 황제의 얼굴에는 짙은 수심이 길게 내려앉아 있었다.

"며칠 전 의주성이 함락되었다고 들었다."

황제는 지끈거리는 머리를 한 손으로 부여잡고, 내관이 가져온 지도를 탁자 위에 펼치게 했다.

좌식 문화가 지배적이었던 궁궐의 법도도 변천하여, 의례 중요한 회의는 탁자와 의자가 갖춰진 곳에서 이루어지고 있었다.

특히 당금의 황제인 태정제는 입식을 매우 선호하는 편이었다.

지근거리에 앉은 내각 대신들은 좁은 탁자 위로 펼쳐진 지도를 물끄러미 보며 황제의 다음 말을 기다렸다.

"경들은 아무런 동요가 없구려."

황제는 어이가 없다는 듯 대신들을 바라보며 혀를 찼다.

의주성이 함락되었다는 이야기가 무슨 소리인지 내각 대신들은 전혀 감을 잡지 못하고 있었다.

몽골이든 명나라든 의주를 치려면 요동군을 넘어서서 와야 하는데, 잘못된 소식이 아니냐는 의구심이 그들의 표정에 가득 담겨 있었다.

"요동군이 압록강을 건너서 의주를 쳤단 말이다. 이해들을 못하겠는가?"

황제가 답답하다는 듯 지도 위의 압록강을 가리키며 호통을 치자, 그제야 대신들의 얼굴에 놀란 기색이 번졌다.

"요, 요동군이 말입니까? 어째서 그들이?"

"심왕이 무슨 이유로……."

당황한 대신들은 애써 이유를 찾아보려 했지만, 딱히 떠오르는 것이 없었다.

아무리 황성과 심양의 사이가 틀어져 있다고 해도, 심왕은 대대로 황제의 번신(蕃臣)으로, 제국의 북방을 단단히 방비하고 있는 제국의 기둥 중 하나였다.

지난 200년간, 요동은 끊임없이 황성의 영향에서 멀어지려 시도해 왔었지만, 그럼에도 불구하고 기본적인 관계 자체가 무너졌다고 보는 사람은 아무도 없었다.

그런데 그런 요동이 압록강을 넘어 황제에게 공공연

히 도전해 왔다는 것은, 그들이 전혀 예상하지 못했던 급변이 발생했다는 소리였다.

그만큼 황성에서는 요동 문제를 안일하게 보는 면이 없잖아 있었다.

"심왕의 의중이야 지금으로서는 알 수 없는 노릇이니, 우선은 적이 남하하지 못하도록 단단히 방비하는 것이 우선일 것입니다. 설마하니 제국 전체를 상대로 전쟁을 벌이려고 군거를 움직이지는 않았을 것입니다. 감히 준동하지 못하도록 평안도에 꽉 붙들어 매어 놓은 다음, 처분을 결정해도 늦지 않을 것입니다."

담담하게 오고 가는 이야기를 듣고 있던 군부대신 장만(張晩)이 황제에게 읊조렸다.

"군부대신은 이미 보고를 들어 상황을 파악했는가? 그렇다면 왜 좀 더 일찍 짐에게 알리지 않았나?"

황제의 물음에 장만은 황공스럽다는 듯 몸을 숙였다.

황제는 손을 내저으며 장만에게 이야기를 계속해 보라고 고개를 끄덕였다.

"신, 뒤늦게 알기에 의주성은 이미 함락되었고, 급하게 소식을 들은 안주의 평양의 진위대가 움직여 북상해, 청천강에서 적세를 맞을 준비를 하고 있다고 들었습니다. 허나 적은 군대를 급박하게 움직이지 않고, 의주성을 점거한 채 의주진위대장 이괄을 잡아둔 채로 가만히 있다고 하옵니다."

"짐 또한 그 사실은 보고를 받아 알고 있노라. 그래서, 군부대신의 대책은 무엇인가?"

"지금으로서는 방금 말씀드린 바와 같이, 적을 서북에 묶어두는 것이 최우선입니다. 폐하께서 윤허만 하신다면, 바로 강계와 해주 등에 주둔한 진위대에도 명해적이 청천강을 넘지 못하도록 포위망을 짜도록 하겠습니다."

"그러도록 하라. 지금으로서는 별 다른 방법이 없어보이는군. 그리고, 재상."

태정제는 고개를 돌려 무거운 표정으로 앉아 있는 재상 허균에게로 시선을 옮겼다. 이제는 흰 수염이 무성한 늙은 허균은, 태정제의 부름에 공손히 읍했다.

"하교하십시오, 폐하."

"심왕이 도대체 무엇을 원하고 이런 일을 벌였는지 우선 알아야 하겠다. 그대는 대신을 한 명 적진에 보내이를 자세히 알아보고 오게 하라. 지금 상황에서는 내지의 병력을 모두 동원하여도 요동을 상대하기가 벅차

니, 그간 군력 강화에 소홀했던 짐의 불찰이 없다고는
하지 못하겠다. 허나, 지금은 승리를 장담하기 어려운
때이니 우선은 희생 없이 전란을 끝낼 방법을 강구하는
것이 우선 아니겠는가. 강화할 수 있다면 조건이 무엇
인지 정확히 알아오고, 반대로 적의 약점을 알아 최대
한 이용할 수 있다면 그렇게 하도록 해야 할 것이다.
섣불리 요동의 요구를 들어주었다가는 짐의 위엄이 훼
손될 것이고, 조정을 가벼이 여기는 세력들이 필히 창
궐할 것이니, 한 걸음마다 조심스럽게 움직일 수 있는
사람을 보내야 할 것이니라."

"누구를 보내는 것이 좋겠습니까, 폐하."

허균의 되물음에 태정제는 한참을 고민 끝에 한 사람
을 지목했다.

"문부시랑 최명길을 보내도록 하라."

1616년
태정(太禎) 28년 계춘(季春)
대한제국 평안도 의주부.

황성부가 갑작스러운 전란의 소식에 동요하는 동안,

요동군은 충분히 기세를 몰아 남진할 수 있음에도 불구하고 점령한 의주성에 웅크리고 앉아 꼼짝도 하지 않고 있었다.

이괄이 의주성의 방비를 서둘렀음에도 불구하고, 강력한 화력과 기동력으로 무장한 요동군은 압록강을 큰 손실 없이 도강한 뒤, 의주성으로 기습전을 감행해 대승을 거두었다.

의주성의 허술한 성벽은 요동군의 포격전에 손쉽게 무너졌고, 의주 진위대의 오합지졸들은 숫자에서도 훈련면에서도, 심지어 사기마저도 요동군에게 압도적으로 밀렸다.

진위대장 이괄은 분전했으나 결국 요동군에게 생포되었고, 남은 병력은 이괄의 부관 임경업이 간신히 수습하여 퇴각하였으나, 그 숫자는 겨우 수백에 불과했다.

이때까지는 요동군에게는 순조로운 진행이었다.

원래 계획대로면, 의주성을 점령한 요동군은 기세를 몰아 평양성까지 육박했어야 했다.

좋은 무기로 무장하고, 지속적인 훈련을 받은 오동군은 안주나 평양의 진위대도 그다지 겁내지 않았다.

더군다나 기병 위주로 구성된 병력은 손쉽게 남쪽으

로 가는 길을 뚫기에도 적합했다.

모든 정황이 요동군에는 좋은 신호를 보내고 있었지만, 요동군은 며칠째 의주성에서 꼼짝하지 않았다.

그 이유는 바로 명목상의 지휘자인 왕세자 김홍과 실제 요동군을 이끌고 있는 한의직 사이에 갈수록 골이 파이고 있었기 때문이다.

끝까지 도강을 반대하며 압록강 너머에서 시간을 끌었던 세자 김홍은 막상 의주성이 함락되자마자 계획을 수정해 황성까지 진격해 황제를 생포하자는 허무맹랑한 주장을 하기 시작했다.

한의직은 심양에서 왕명이 떨어져도 그런 불가능한 군사 운용은 할 수 없다고 대립각을 세웠다.

한의직이 사사건건 자신의 꼬리를 잡고 늘어진다고 느낀 세자는, 한의직을 파면해 다시 심양으로 쫓아내겠다고 으르렁거렸고, 한의직은 왕명을 받아 전장에 나온 이상, 자신은 모든 임무를 완수할 때까지 어떤 이유에서도 군권을 내려놓을 수 없다고 세자에게 도로 윽박질렀다.

이러한 대립이 쉽게 풀리지 않음에 따라 요동군의 수뇌부는 분열을 겪게 되었다.

세자는 남쪽으로 진격하라고 하루에도 몇 번씩 군관들을 다그치고, 한의직은 다시 그것을 막는 상황이 반복됨에 따라, 의주성에 주둔하고 있는 요동군 수만 병력은 하는 일 없이 앉아서 식량만 축내는 꼴이 되었다.

일이 이쯤 되고 보니, 한의직은 원래 지금 신경 쓰고 있어야 할 일에는 진전을 전혀 보지 못하고 있었다.

다름 아닌 사위 해완군 김윤을 처결하는 문제였다. 아니, 도리어 한의직은 김윤을 쉽게 죽이지 않는 방향으로 마음이 돌아서고 있었다.

전쟁에서 이기든 지든 한의직은 이제 장기적으로 세자와 대립할 수밖에 없는 굴레를 뒤집어쓰게 되었다.

지금의 심왕인 김제가 반정을 일으킬 때, 한의직은 그 중심에서 김제와 함께하며 반정의 일등공신이 되었었다.

지금도 김제를 향한 그 충성심은 크게 달라지지 않았다.

그러나 그 충성의 대상이 대를 이어 세자에게로 옮겨갈 수 있을지는 한의직 그 자신도 의문스러웠다.

세자는 무엇 하나 출중한 것이 없었다. 그저 범재(凡才)라면 그것대로 괜찮을 노릇인데, 아버지의 불같은 성격을 닮아 행동만 앞섰다.

문제는 자신이 책임질 수 없는 일을 벌려 놓고, 그 뒷수습을 주위의 신하들이 하고 있는 형편이라는 데에 있었다.

그래도 그나마 동궁에서 조용히 있던 시절에는 그런 좋지 못한 성품이 잘 드러나지 않았었다.

그러나 구중궁궐이 아닌 전장에 나오자, 세자 김홍의 모난 성격이 그대로 요동군 전체를 제대로 움직이지 못하게 하고 있었다.

노련한 지휘관인 한의직은 세자 김홍의 명을 곧이곧대로 도저히 이행할 수 없었고, 병력 운용을 놓고 대립하기 시작하면서, 이제는 세자가 왕이 될 재목이 아니라는 데까지 생각이 이르게 되었다.

'그러나, 그렇다고 한들 어쩔 것인가……'

한의직은 본디 유교적인 명분론과는 어떻게 재어보아도 거리가 먼 사람이었다.

그러나 그렇다고 해서, 자신이 반정으로 왕위에 올린 임금의 유일한 아들을 어떻게 해 볼 생각을 하기는 힘들었다.

그러나 이대로 가다가는 세자는 결국 전쟁이 끝난 뒤

자신을 몰아내려 들 것이 분명했다.

전쟁에 진다면 그것을 명분 삼아 자신을 숙청할 것이고, 이긴다면 이긴 대로 왕위 계승을 굳힌 다음 천천히 자신을 고사시키려 들 터였다.

이미 세자와 화해하는 것은 불가능했다.

오히려 세자는 전쟁 전부터 자신에 대해서 권력의 앞길에 거추장스럽게 버티고 있는 방해물 정도로 생각하고 있었던 것이 분명했다.

한의직이 사위인 해완군 김윤을 원래 계획대로 죽이지 못하는 것은 바로 이 때문이었다.

지금까지는 왕권을 확립하는 데 지극히 거추장스러운 존재였던 김윤이었으나, 상황이 이렇게 되고 보면 이야기가 달랐다.

만약, 만에 하나 세자가 없어진다면 왕위를 이을 자격이 되는 왕족은 해완군 김윤이 유일했다.

전대 심왕인 의민왕 김유에게는 아들이 넷이 있었다. 위의 세 아들은 정실 소생이고, 막내는 후실 소생이었다.

첫째인 김인은 그 성품이 모자라 결국 폐세자(廢世子)가 되었을 뿐만 아니라, 기력도 좋지 못해 후사도 없었다. 반정 전에 그는 일찌감치 숨을 거두었다.

둘째인 예양대군 김민은 의민왕이 진서로 출정하기 전에 최종적으로 세자로 봉하고 간 가장 적법한 승계자였다.

그러나 한의직이 섬기던 셋째 금양대군 김제가 반정을 일으켜 예양대군과 그 식솔을 모두 저승으로 보냈다.

막내인 인양군 김율은 이에 반발해 김제에게 각을 세워 대립했고, 결국 요동내전의 와중에 목숨을 잃었다.

결국 금양대군 김제는 왕권을 단단히 할 수 있었고, 심왕의 자리를 거머쥐게 되었던 것이다.

이 모든 피 튀기는 왕위 계승의 다툼의 결과, 왕위 계승의 자격이 있는 왕족은 금양대군 김제의 서자인 지금의 세자 김홍과 인양군의 아들로 인질이 되어 그동안 사실상 유폐되어 있던 해완군 김윤이 전부였다.

한의직은 당연히 출정 전까지 심왕의 명을 받들어 자신의 사위이기는 하나 왕실의 암 덩어리 같은 해완군 김윤을 제거하려고 했다.

그렇게 세자 김홍의 정통성을 부각시켜 대를 이어 섬기려 했던 것이다.

그러나 떠받들려고 했던 세자 김홍이 자신을 못 잡아먹어 안달을 내고 있었다.

한의직은 당혹감을 느끼지 않을 수 없었다. 때문에 전혀 생각하지도 못했던 대안을 그는 생각하지 않을 수 없었다.

이런저런 이유로 밤새 고민하던 한의직은 결국 마음을 굳히고 세자를 찾아가 병력을 움직이는 데 동의하겠다고 했다. 마지막으로 결심을 굳히려 간 길이었다.

그러나 세자는 퉁명스러운 표정으로 병권까지 내어놓으라고 한의직을 윽박질렀다.

한의직은 그 자리에서 청천강을 건너면 그때부터 모든 병력의 지휘를 모두 세자에게 넘기겠다고 약조했다. 세자는 속으로 쾌재를 불렀고, 한의직은 복잡한 심중으로 막사를 나왔다.

그는 이때 이미, 그 다음을 생각하고 있었다.

"진군하라, 내 병사들이여!"

의기양양해진 세자 김홍은, 다음날 바로 앞장서서 행군의 선봉에 서서는 병력을 지휘해 남쪽으로 내려가기 시작했다.

한의직은 마지못해 종군하고 있었다. 분명히 이대로

라면 청천강을 앞두고 주둔하고 있는 몇 개의 내지 진
위대들에게 포위당하는 국면을 초래할 것이 분명했다.

그러나 한의직은 그런 실책을 세자가 저지르기를 내
심 바라고 있었다. 이미 그의 마음은 세자에게서 완전
히 돌아서 있었다.

대신 그는 해완군 김윤에게 실행하려 했던 계책의 대
상을 세자로 바꾸려는 생각을 하게 되었다.

김윤을 제거하려던 계획은 매우 비밀스럽게 이루어져
야 했기에, 심왕조차도 이 일이 한의직의 측근 몇 명에
의해서 이행하라고 명했었다.

그 말은 곧, 한의직의 명만 떨어진다면 언제고 전장
에서 표적을 제거할 내부의 적이 요동군 안에 포진하고
있다는 소리였다.

원래는 그 표적이 해완군 김윤이 되었어야 하겠지만,
한의직은 그 계책으로 세자를 제거할 생각을 굳혔다.

병력은 점차 남진하여 청천강의 유역에 이르게 되었
다.

그간 한의직은 자신이 품은 의중을 아무에게도 드러내
지 않고, 세자의 명에 고분고분 따르는 태도를 보였다.

한의직은 어떤 의미에서 세자에게 마지막 기회를 준

셈이었다. 세자가 몸을 굽히고 들어온 한의직을 우대했다면, 세자는 비참한 마지막을 맞지 않아도 되었을 터였다.

그러나 세자는 오히려 기세등등해서 한의직을 완전히 파면할 수작을 부리고 있었다.

이 말이 한의직의 귀에 들어가지 않을 리가 없었다.

청천강을 마주하고 건너편의 안주 진위대와 평양 진위대의 연합 전력과 대치한 어느 밤, 한의직은 조심스럽게 막사로 해완군 김윤을 불러 포박했다.

"사위. 전투가 끝날 때까지 여기서 꼼짝없이 묶여 있어 주어야겠네."

이번 전투를 도주할 적기로 판단하고 있던 해완군 김윤은 갑작스럽게 신병이 구속되었다.

한의직은 해완군이 일찌감치 도주할 계획을 세우고 있다는 사실을 파악하고 있었다.

다만 도주하려 할 경우 언제고 바로 제거해 버릴 좋은 명분이 되기에 내버려 두고 있었다.

그러나 이제 자신의 계획에 사위 김윤이 절대적으로 필요하게 된 이상, 그 신병을 자신이 장악해야 할 필요가 있었다.

김윤의 신병을 장악한 다음, 한의직은 자신의 혈육이나 다름없는 측근 몇 명을 은밀하게 불러들였다.

"이번에 교전이 벌어지면, 세자가 전면에서 공격을 지휘할 것이다. 너희는 적군의 복장으로 갈아입고 전투의 혼란한 와중에 세자를 주살하도록 하라."

한의직의 명을 받드는 이들은 모두 오래전 시비르한국까지 이르렀던 북방원정(北方遠征) 당시의 동료들이었다.

이들은 사실상 심왕을 섬긴다기 보다는 한의직의 의중만을 쫓는 가신들이나 다름없었다.

왕부에서 내려온 정식 직책도 없었고, 군속도 아니었기에, 한의직의 시중 자격으로 전장에 동행하고 있던 이들이었다. 세자를 제거하는 데 쓰기에 이보다 더 좋은 인물들은 없었다.

"세자가 죽는다면, 다음 대의 왕위를 이을 사람은 내 사위밖에 없다. 본디 뜻해서 가족의 연을 맺은 것은 아니었으나, 지금은 이것을 믿고 갈 수밖에 없다. 다만 세자는 어디까지나 전장에서 적군에 의해 전사한 것이어야 한다. 그대들이 한 치 실수 없이 일을 잘 처리해 줄 것으로 믿는다."

한의직의 말에 측근들은 고개를 끄덕였다. 어차피 한의직만을 보고 따라온 길이었다. 한의직의 흉중에 있는 심계는 항상 헤아리기 힘든 것들이었다. 갑작스럽게 세자를 노리고 있다고 해도 이들 중에서 놀라는 이는 아무도 없었다.

오히려 일이 잘될 경우 사위를 왕으로 옹립하게 될 한의직의 편에 서 있는 것이 좋았다. 반대로, 세자가 왕위에 올라 한의직이 실각한다면 자신들은 끈 떨어진 연 신세나 다름없었다.

"죽음으로 임무를 완수하겠나이다."

이들은 은밀하게 결의를 마치고 제국군 진위대의 무관복으로 위장하고 밤에 몰래 청천강 너머로 건너갔다.

그들이 확실히 건너간 것을 확인하자 한의직은 아직 자신의 손아귀에 있는 지휘 계통을 이용해 청천강 너머로 발포하도록 명했다. 청천강 너머의 제국군에서는 이내 대응 포격이 시작되었다.

앞으로 요동의 운명을 뒤흔들게 될 청천강 회전이 시작되고 있었다.

제 5 8 장

요동흥기(遼東興起)

「……(중략)……대요동국(Royaume de Leunie)은 유럽에는 그간 잘 알려져 있지 않았다. 동방의 사정에 밝은 이들조차, 대한제국에 속한 여러 지방들 중 하나 정도로만 알고 있었을 뿐이다.

그러나 근래에 와서 제국 내의 복잡한 사정과 극동에 진출한 유럽인이 늘어난 것이 맞물려, 이 조용한 왕국의 존재는 이제 어느 정도 세상에 알려지게 되었다.

사실 이들은 모험심이 넘치는 개척자이자 뛰어난 상인들로, 동 시베리아 일대로 일찌감치 진출해 이슬람교도들을 앞세워 러시아의 동진을 멈추게 했었다. 그 결과 이들은 모피 무역에 상당한 지분을 확보하게 되었고, 유럽으로 보내지고 있는 모피의 절반 이상이 요동에서 수출되고 있다.

수도인 심양(Siméulle)에는 전통 있는 대학이 자리 잡고 있고, 이곳에서는 뛰어난 학자들이 양성되어 정부의 관료로 진출한다. 그 군대 또한 매우 강성하여 동방에서 가장 강력하다고 알려져 있다.

최근에 내전을 겪고 대한제국의 황제와도 갈등을 빚었으나, 결국 이들의 고결한 자존심은 꺾이지 않았다.」

—자크 에르투아(Jaques Hértois), 《동방의 최근 사정》,

(파리:1641)

1616년
태정(太禎) 28년 맹하(孟夏)
대한제국 평안도 안주부.

요동군 7만 4천 병력과 제국군 안주 제8진위대, 평양 제10진위대 및 영녕 18진위대의 연합 병력 3만여 병력이 청천강을 둘러싸고 다툰 1616년 3월 17일의 소위 「청천강회전」은 결국 요동군의 승리로 돌아갔다.

갑작스러운 요동군의 포격으로 시작된 전투는 적의 도강을 막는다는 점에서 제국군이 유리한 측면을 차지하고 있었음에도 불구하고, 갑작스럽게 전투가 벌어짐에 따라 전략적인 우위를 제대로 활용하지 못한 채 전개되었다.

요동군은 병력 손실을 불사하고 봄철 물이 얕은 청천강을 도강하는 데 최선을 다했고, 1만이 넘는 병력을 손실 본 끝에 청천강 너머에 도달하는 데 성공했다.

그사이 10리 밖으로 후퇴해서 안주성을 둘러싸고 철벽진을 친 제국군은 전진하는 요동군을 막고자 최선을 다했다.

요동군은 이 전투에서, 기병대와 별도로 운용하는 보병들을 10열 단위로 긴 줄을 세워 전략적인 총병 운용을 선보였다.

짧지 않았던 요동의 내전 기간 동안 충분히 실전을 겪고 단련된 요동군은, 전투 경험이 전무한 서북의 진위대들을 상대로 즉각 우위를 점할 수 있었다.

그러나 기병대는 생각보다 적의 후방을 급습하는 데 지지부진했고, 이 과정에서 기병대를 진두지휘하던 심 왕세자 김홍이 전투 중 총상을 입고 결국 다음 날을 넘기지 못하고 숨을 거두게 된다.

전투 자체는 원정군의 총지휘관을 맡고 있던 한의직의 지휘 아래에서 요동군이 승기를 잡은 채로 진행되었고, 결국 안주성의 방어진은 무너지고 이튿날 아침 안주성은 함락되게 된다.

겨우 살아남은 제국군의 병력 일부는 평양으로 퇴각을 결정하고, 한의직은 요동군을 안주성에 주둔시키고서 전투 뒤의 진열을 정비했다.

사실 한의직이 요동군을 남쪽으로 더 몰아치지 않고 안주성에 머무른 것은, 세자 김홍의 죽음에 따른 뒷수습을 제대로 하기 위한 측면이 더 컸다.

세자가 전투 중에 전사했다는 사실은 이내 요동군의 사기를 저하시키고도 남는 것이었다.

더군다나 그간 한의직과 세자를 놓고 갈라져 있던 요동군의 지휘부를 재봉합하는 문제도 시급한 것이었다.

그러나 일부의 의심에도 불구하고 세자가 요동군 내

부의 음모로 암살되었다는 정황을 찾기는 힘들었다. 난전 중에 멀리서 날아온 총탄에 비명횡사했다는 것이 명확했기 때문이었다.

세자의 모살을 흑막에서 지휘한 한의직마저도, 자신의 수하들이 세자의 목숨을 앗아간 것인지 아니면 전투 중의 사고로 숨을 거둔 것인지 판단할 수 없을 정도였다.

한의직의 명을 받고 난전 중에 적진에 뒤섞여 세자를 공격했던 수하 다섯 명 중 세 명은 교전 중 목숨을 잃었고, 남은 두 명은 진중에 돌아와서 세자를 쏘지 못했다고 한의직에게 고했기 때문이었다.

어찌 되었든 세자의 죽음은 현실이었다. 모로 가나 도로 가나 서울로만 가면 될 일이다. 그 사인이 무엇이든, 결국 세자 김홍은 전장에서 목숨을 잃었다.

덕에 한의직은 안주성에서 완전히 군권을 장악할 수 있었고, 붙잡아 두었던 해완군 김윤의 신병을 풀어주며 은밀히 거래를 제안했다.

"사위. 세자는 전투 중 죽었네. 자네가 그간의 악연을 잊고 대업을 위해 내 힘을 필요로 한다면 언제든 내가 힘을 빌려주겠네. 전쟁의 결과와 상관없이 다시 심양으로 돌아가면 나는 주상 전하를 설득해 자네를 세자로 봉하도록 힘쓸 것이네. 주상 전하에게는 이제 아들이 없고, 왕실에 남은 핏줄은 자네뿐이니 결론은 이미 나 있네. 자네가 왕위에 오르지 않으면, 먼 핏줄인 바다 건너 영주의 창주공가의 자제를 모셔와 왕위에 올려야 하는데, 요동 사람들은 아무도 그것을 원하지 않을 걸세."

언제는 붙잡아두고 꼼짝하지 못하게 하더니, 갑자기 표정을 바꾸어 자신을 타이르는 장인의 꼼수에 해완군 김윤은 어안이 벙벙했다.

누르하치의 반군에 속해서 요동의 심왕을 공격하고 다닐 때만 해도 해완군 김윤은 매일 밤마다 아버지 인양군의 원수를 잊지 않겠다고 다짐을 하곤 했었다.

그런 와중에 결국 요동군에 사로잡혀 심양의 거소에 유폐되었을 때조차도, 마음속의 날카로운 칼이 절대 무뎌지게 내버려 두지 않겠다고 이를 갈아왔던 그였다.

심왕의 왕위는 생각해 본 적이 없었으나, 아버지의 원수를 갚아야 한다는 사실은 잊어본 적이 없었다.

그런데 인질 생활이 시작되고, 한의직의 딸과 강제로 결혼하게 되면서 그의 복수심도 점차 무뎌져 갔다.

원하지 않던 결혼이었으나 부인과의 애정은 도타웠고, 누르하치마저도 영주로 건너갔다는 소식까지 전해지자 와신상담하던 김윤의 마음도 점차 무너져 갔던 것이다.

그러나 이번 전쟁은 기회였다. 날개가 꺾인 김윤이 다시 황성부로 도망쳐 재기를 꿈꿔볼 수 있는 절호의 호기였던 것이다.

그런데 안주성 공략을 틈타 도주하려던 계획은 갑작스럽게 장인 한의직이 그를 감금함에 따라 수포로 돌아갔다.

좌절감에 휩싸여서 이를 갈고 있던 김윤에게 한의직이 왕위를 제안하고 나온 것은 갑작스럽다 못해 경악스러운 노릇이었다.

"장인어른. 비록 뜻하지 않게 핏줄로 맺어졌고, 지금도 원한은 조금도 가시지 않았습니다. 제 말이 무슨 뜻인지 너무나도 잘 아실 겁니다. 허나……."

"허나?"

김윤은 표정을 굳히며 한의직을 똑바로 바라보았다.

뜻하지 않게 복수가 눈앞에 온 것이었다.

불구대천의 원수이자 백부(伯父)인 심왕 김제에게 통

쾌한 일격을 날릴 수 있게 된 것이었다.

기껏 형제와 혈족을 죽여가며 탈취한 왕위를 자신의 아들에게 잇게 하지 못하고, 자신을 향해 이를 갈며 덤볐던 조카에게 잇게 할 수밖에 없는 김제의 심정을 생각하면 김윤은 전율이 이는 듯했다.

심왕의 자리에 자신이 오르는 것으로 김윤은 꿈에도 그리워했던 복수를 달성할 수 있는 것이었다.

그를 위해 한의직과 손을 잡는 것은 문제가 되지도 않았다.

"왕통을 잇는 것은 마땅히 그 자격이 있는 사람에게 돌아가야 하겠지요. 장인어른이 제 곁에서 보필해 주실 줄 믿어 의심치 않습니다."

"좋네. 하지만 세자는 죽었어도 아직 전쟁은 끝나지 않았네. 마땅한 공적을 가지고 돌아가지 않는다면, 요동의 군민들에게 충분한 납득을 얻지 못할 걸세."

한의직의 말에 김윤은 고개를 끄덕였다. 결박당해 있었던 탓에 잔뜩 굳어 있는 몸을 움직이자 온몸에서 비명을 질려댔다.

김윤은 표정을 찡그리며 팔을 주물렀다.

한의직은 무심한 표정으로 그런 김윤을 말없이 바라

보고 있었다.

도무지 그 흉중을 알기 힘든 사람이라고 김윤은 생각했다.

"그렇지만 제가 황상 폐하에게 입은 은혜가 한둘이 아닌데 어찌 그분에게 더 이상 욕을 보이겠습니까?"

"잘 판단하게. 자네가 황제의 체면을 세워주든 그렇지 않든 왕위는 자네의 손에 들어오게 될 걸세. 허나, 앞으로 자네가 다스리게 될 요동이 어떻게 되느냐는 달라지겠지. 다 된 밥에 코를 풀 작정이라면 나는 지금이라도 자네를 베고 심양으로 회군하여 심왕 전하께 첩실을 들여 후계자를 생산하는데 매진하라고 진언하겠네. 운이 좋다면 뒤늦게 어린 후사를 볼 수도 있을 것이고, 운이 나쁘다 해도 영주에서 멋모르는 허수아비 하나 불러와서 왕위에 앉혀도 되겠지. 다만 지금 자네가 조금 현명해진다면…… 몇 달 뒤에 자네는 왕세질이 되어 있겠지."

한의직은 눈가를 좁히며 김윤을 압박해 들어왔다.

김윤은 한의직의 말에 전적으로 수긍을 할 수는 없었지만, 그렇다고 거부하기도 힘든 제안임에는 분명했다.

"지금 황제가 보낸 칙사가 평양을 지나 안주를 향해

오고 있다고 하네. 뭔가 체면이 깎이지 않고 타협을 볼 수 있는 방책을 찾고자 하겠지. 어차피 황제의 군병들도 요동을 도모할 능력은 없을 터이고, 그건 우리도 마찬가지이네. 진서에서 전쟁의 경험을 쌓은 삼남의 진위대가 북상하여 우리를 막아내고자 한다면, 우리는 황성은커녕 개경에 이르지도 못할 걸세. 이런 교착 상태에서 적절한 타협을 하는 것. 그것이 이번에 자네가 할 역할이네. 차라리 잘된 일이지. 죽은 세자에게 모든 악역을 뒤집어씌우고, 자네는 전란을 정리하는 영웅이 되는 걸세."

한의직의 말에 김윤은 무어라 대답하지 못했다.

옛말에 진인사대천명(盡人事待天命)이라 했다.

사람이 할 일을 다 하고 나서, 하늘의 명을 기다린다는 뜻이다.

김윤은 그간 부친의 복수를 위해 할 수 있는 노력을 다해 왔었다.

그리고 지금에 이르기까지 온갖 수모를 감내해 왔었다.

그런데 갑자기 이렇게 기회가 찾아왔다.

이야말로 하늘이 내린 기회가 아니고 무엇이라 하겠

는가.

하지만 김윤의 마음은 복잡하기 짝이 없었다.

황제와 아버지 인양군, 그리고 황실의 중신인 외가 친척들, 원수인 심왕과 장인 한의직, 그들의 권력을 이양받게 될 자신까지. 과거로부터 지금에 이르기까지 뒤엉켜 있다 못해 잔뜩 헝클어져 버린 이 구원(舊怨)을 어디서부터 어떻게 풀어 나가야 할지 김윤은 아직 알지 못했다.

황제가 보낸 칙사 최명길이 안주성에 당도한 것은, 그로부터 며칠 뒤였다.

본디 요동군이 청천강을 넘기 전에 도착했어야 할 최명길이었으나, 생각보다 전투가 급작스럽게 이루어졌던 데다가, 진위대들이 너무 쉽게 무너지는 바람에 최명길의 어깨는 더욱 무거워졌다.

요동군이 전승을 거두면 거둘수록 황제가 보낸 그의 입지는 좁아지는 것이 당연했다.

최명길은 그럼에도 불구하고, 한 치 침착함을 잃지 않고 당당한 풍모로 안주성의 성문으로 들어섰다.

나라가 무너질 전쟁이 아니었다. 황성의 입장에서 보면 그저 요동군은 반란군에 불과했다.

그러나 이를 철저히 진압할 능력이 없다는 것은 문제였다.

결론은 요동에 적절한 떡을 쥐어주고 이 소란을 종식시켜야 했다.

그러나 그러면서도 황제의 위엄의 훼손을 최소한으로 해야 한다는 것이 난점이었다.

최명길은 그러나 그런 부담을 겉으로 최대한 드러내지 않으려 노력하고 있었다.

위압당한 채로 협상에 임하면 당연히 잃는 것이 많아질 터였다.

"황상 폐하께서는 매우 진노하여 계십니다. 어찌 심왕께서는 이런 무모한 일을 벌이셨는지요."

간소하게 차려진 막사에 한의직과 나란히 앉자마자, 최명길은 선수 쳐서 한의직을 압박하기 시작했다.

"유감입니다만, 우리 요동군은 황상 폐하를 겁박하고자 군대를 일으킨 것이 아니라, 나라를 어지럽히는 난신들을 징벌하고 나라의 근본을 바로 세우고자 한 것이었소이다. 조정은 패당을 나누어 서로 싸우기에 급급하고, 민심은 도탄에 빠져 있으니, 이것은 황제의 눈과 귀를 간신배들이 가리고 있기 때문이오. 심왕께서는 이

를 우려하시어 직접 군세를 일으켜 내지로 보낸 것이
니, 어찌 이것이 황상 폐하를 다치게 하고자 하려는 목
적이었겠소."

한의직은 거창하게 명분을 들이대며 말했다.

현실을 보았을 때 말도 안 되는 논리에 분명했으나,
명분으로 대기에는 좋았다.

황제를 위해서 일으킨 군대라니, 얼토당토않은 소리
를 하는 줄은 한의직도 알고 있을 터였다.

그러나 최명길은 최대한 한의직에게 휘둘리지 않으려
노력했다.

"그대들이 무슨 연유로 군세를 일으켰든 폐하께서 진
노하셨다는 사실은 변함이 없소이다. 삼남의 진위대가
지금 명을 받고 대기하고 있소이다. 한마디 말만 떨어
지면 언제고 북쪽으로 군병을 향하게 해서 압록강을 도
로 넘어 요동을 진탕으로 휘저어 놓을 것이라, 이 말이
요."

최명길은 압박의 수위를 좀 더 높였다.

내지의 진위대를 모두 그러모아도 요동을 완전히 장
악하는 것은 불가능하다는 사실은 최명길도 알고 있었
다.

그러나 심왕도 애초에 같이 죽자고 벌인 전쟁은 아닐 터였다. 아마 요동 또한 전면전을 벌일 각오는 되어 있지 않을 것이라 최명길은 확신하고 있었다.

　"누누이 말하지만, 심왕께서는 폐하의 근심을 일으키고자 군대를 거병하신 것이 아니외다. 우리가 그렇게 싸울 이유는 하나도 없소이다."

　"그렇다면 도대체 무슨 이유로 평안도를 완전히 쑥대밭으로 만들며 안주까지 내려 오셨소? 황제 폐하의 윤허도 받지 않고 말이요."

　"모두 세자의 뜻이었소. 원래 압록강 변에 군대를 대기하고 황제 폐하께 윤허를 받은 다음, 황성부로 당당하게 들어가 간신배들을 숙청할 생각이었소. 그러나 윤허를 받기 위한 사절을 보내기도 전에 세자가 군권을 강탈하여 공격을 명했으니 모두 세자의 잘못이지요."

　"심왕의 뜻이 세자의 뜻이 아니겠소. 그 세자가 바로 심왕의 뒤를 잇게 될 것이 아니오? 이 난국을 빠져나가려면, 심왕 세자가 마땅한 책임을 지고 벌을 받지 아니하면 안될 것이오."

　"당연히 그렇소만, 세자 저하는 전중에서 전사하셨소이다. 죽음으로 죄를 갚았다고 해두지요."

한의직의 덤덤한 말에 최명길의 얼굴에 순간 당혹함이 스쳐 지나갔다.

애초에 심왕은 황제의 윤허 없이 내지로 군대를 옮길 생각이 없었고, 세자가 독단으로 이 일을 지휘했으나, 결국 세자는 죽었다는 논리였다.

책임을 물릴 소재가 불분명해진 데다가, 군대를 동원해 심왕을 강제로 추궁할 방법도 마땅찮으니 최명길이 사용할 수 있는 패가 줄어든 것이 분명했다.

"그 정도 안일한 말로 이 일을 묻어둘 수는 없소."

"실리를 한 번 생각해 봅시다. 지금 여기에 돌아가신 인양군의 아드님이시자, 지금 내각재상에 앉아 있는 허균 공의 외조카 되시는 해완군 김윤 공이 종군해 계시오. 세자 저하가 돌아가셨으니 아마 다음 심왕 자리는 해완군께서 잇게 되지 않겠소?"

한의직의 말에 최명길의 눈이 번뜩였다. 그는 조곤한 목소리로 한의직에게로 몸을 기울이며 물었다.

"그럼 내가 지금 그분을 뵐 수 있겠소?"

"그렇잖아도 곧 이곳으로 오실 것이오."

한의직의 말대로, 채 일각이 지나지 않아 해완군 김윤이 회담장에 모습을 드러냈다.

최명길은 해완군이 어릴 때 그를 본 기억이 있었다. 지금은 그때의 앳된 얼굴이 남아 있지 않았지만, 분명히 해완군 본인임을 최명길은 알아볼 수 있었다.

"군나리께선 그간 강녕하셨습니까?"

최명길은 자리에서 일어나 공손하게 해완군에게 읍을 했다.

해완군의 이력을 아는 자라면, 누구나 해완군이 친황제의 성향을 가지고 있을 거라 생각하지 않을 수 없었다.

최명길은 내심 잘된 일이라고 여겼다.

한의직의 꿍꿍이가 눈에 훤히 보이긴 했지만, 잘못은 죽은 세자에게 뒤집어씌우고, 해완군을 내세워 화평을 맺는다면 황성부의 입장에서도 명분이 좋았다.

"황상 폐하와 내각의 어른들께서는 안녕하십니까?"

"모두들 몸 건강히 잘 계십니다. 다만 갑작스러운 충돌로 인해 마음이 많이들 근심스러우십니다."

최명길의 말에 해완군은 고개를 끄덕였다.

그는 일부러 한의직과 최명길 사이의 상석에 앉았다. 회의를 자신을 중심으로 이끌어 가고자 계산된 행동이었다.

예상치 못했던 일이나, 한의직은 해완군을 제지하지 않았다.

"불행한 일이나 돌아가신 세자 저하께서 만용을 부리어 일이 이 지경까지 오게 되었소. 황상 폐하를 뵐 낯이 없소이다."

이미 한의직과 합의가 되어 있는 해완군 김윤은 자리에 앉자마자 세자에게 죗값을 돌렸다.

최명길은 차라리 잘되었다는 표정으로 해완군을 바라보며 입을 열었다.

"지금에라도 군세를 돌리고 폐하께 죗값을 청한다면 폐하께서도 그간의 심왕가에서 보여준 충정을 감안하실 것입니다."

"애초에 뜻하지 않게 불미스럽게 벌어진 일이니 응당 그리해야겠지요. 허나 황상 폐하께서도 이 일로 인하여 얻으실 것이 분명 있으실 것입니다."

최명길은 해완군의 말에 담긴 뜻을 분명히 알아들었다.

위기를 기회로 만든다면, 태정제는 분명히 이것을 계기 삼아 권력을 좀 더 집중시키고 엉망진창이 되어 있는 지방군을 숙군(肅軍)할 계기로 삼을 수 있을 터였다.

외부의 적이 내부를 결속시킨다는 간결한 논리였다.

이미 태정제는 진서의 왜란을 계기 삼아 내부의 권력을 한 차례 자신에게 집중시킨 적이 있었다.

"허나 이 난국에 책임이 있는 심왕 세자가 목숨을 이미 잃었다고 해도, 심양에 아무런 견책을 하지 않을 수는 없습니다."

최명길의 입장은 간결했다. 그냥 이대로 어영부영 전란을 종결짓는 것으로는 황제의 위엄에 가해질지도 모르는 손상을 완전히 막을 수 없었다.

"나와 한의직 장군은 곧 군대를 다시 물려서 심양으로 돌아가, 황성의 조정에 반하는 세력들을 요동에서 일소하고 다시금 충성을 맹세할 것입니다. 다만 무작정 그럴 경우 내전이 끝난 지 얼마 안 된 요동의 민심을 위무하는 것에 곤란함이 많습니다."

요동의 사정은 서로 익히 아는 바이다.

언제고 내지의 영향에서 떨어져 나갈 궁리만 하는 요동이었다.

적절한 타협점이 필요하다는 사실은 이 자리에 앉은 모든 사람이 잘 알고 있었다.

"황제 폐하의 칙령으로 군나리께서 심왕 세질의 자리에 오르십시오. 요동의 숙정을 약속하신다면, 번왕에서 국왕으로 그 위계를 올려, 정식으로 종묘와 사직을 세우고 국호를 정하는 것을 황제께서 충분히 가납하실 것입니다."

최명길은 이러한 조건으로 황제를 설득할 자신이 충분히 있었다.

어차피 사실상 독립되어 있던 요동이었다. 차라리 이참에 심왕이라는 모호한 번왕의 작위 대신에 요동에 나라를 세울 수 있도록 해주어 해완군의 입지를 단단히 해주고, 이 모든 것을 황제의 은덕으로 돌리는 것이 모두에게 유리했다.

사실상 이 회합에서 손해를 보는 자는 아무도 없었다.

곤란해진 것은 요동도, 내지도 아닌, 이 전쟁을 주도했다가 지붕 위의 닭 쫓는 신세가 될 심왕 김제와 이미 목숨을 잃은 세자 김홍뿐이었다.

이미 해완군을 등에 업고 심양으로 돌아가, 자신의 기득권을 사수하기로 결심한 한의직 또한 한 배를 탄 몸이었다.

"폐하께서 그렇게 성총을 내려주신다면, 마땅히 사죄하여 죄인인 세자의 수급을 조정에 바치고 요동의 기강을 바로 잡아 제국의 국본이 흔들리지 않게 해야겠지요."

해완군은 최명길의 말에 미소를 지었다.

1617년
태정(太禎) 29년 맹추(孟秋)
요동국(遼東國) 성경부(盛京府).

안주성의 회담 직후, 공식적으로 요동으로 돌아가 반황(反皇) 세력을 징치하라는 칙령이 요동군에 내려졌다.

세자의 죽음을 제물 삼아 요동의 반란군이 황제의 근황군으로 둔갑한 것이었다.

심왕의 명을 받고 출정했던 한의직은 이제, 해완군과 결탁해 황제의 명을 받은 몸으로 귀환하게 되었다.

전격적으로 압록강을 건너 요동으로 회군을 개시한 요동군은 그간 안주성에서 주둔하는 동안 은밀하게 이루어진 숙군 작업으로 완전히 해완군과 한의직에 손안에 떨어지게 되었다.

이들은 심양에 도달해 아무런 제지 없이 성안에 들어서, 심왕 김제에게 황제의 칙령과 함께 세자의 죽음을 전했다.

심왕 김제는 격심한 분노에 사로잡혔다.

무엇보다 가장 측근으로 신뢰해 마지않았던 한의직에 대한 실망감이 컸다. 더군다나 유일한 자신의 핏줄인 세자를 잃었다.

그 자리에서 졸도한 심왕은 결국 다시 자리에서 잃어나지 못했다. 그러나 삶에 대한 미련은 그의 숨을 오랫동안 붙어 있게 했다.

졸중(卒中)에 쓰러져 거동도 못하고 의식도 없이, 그렇게 열두 달을 심왕 김제는 자리에 쓰러져 있었다.

그동안 해완군 김윤은 황제의 칙령을 받아 정식으로 왕세질(王世姪)의 자리에 앉았다.

요동군을 장악하고 있는 한의직을 뒤에 배경으로 삼은 김윤을 감히 반대하고 나서는 세력은 없었다.

오히려 심양의 민심은 김윤의 집권을 반기는 분위기였다.

한때 심왕 김제에 반대해서 싸웠던 이들은 물론이거

니와, 심왕 김제의 편에 서 있었던 이들도 재빠르게 세태를 파악하고 김윤의 뒤에 줄을 서기 시작했다.

새롭게 부상한 권력에 바투 다가가고자 심양의 정계는 소란스러웠다.

이러한 분위기에서 김윤은 손쉽게 권력을 손에 넣을 수 있었다.

물론 많은 부분을 한의직에게 기댄 불안한 동거이기는 했다. 다만 김윤은 장인인 한의직이 원하는 바를 정확히 꿰뚫고 있었다.

지금 쥐고 있는 권세를 잃기 싫어 세자를 밀어내고 자신을 올려 세운 그였다. 그 권세가 적절히 보장되는 이상, 한의직은 경거망동하지 않을 터였다.

더 중요한 것은, 이제 심왕위를 이을 것은 김윤뿐이라는 사실이었다.

서울에서는 재빠르게 황제 태정제가 혼란을 수습하기 시작했다. 심왕이 충격으로 쓰러져 아주 거동도 못한다는 사실을 들은 태정제는 직접 나서서 심왕을 아주 폐위시키라는 조칙을 내리고, 왕세질인 김윤을 임시로 심양권지국사(瀋陽權知國事)로 인정하고, 약속한 바대로 나라를 창업하는 것을 허락해 주었다.

황제는 잃은 것이 없었다.

전란의 와중에 이유 없이 죽어 나간 평안도의 진위대 병사들만이 헛된 목숨을 잃은 것이었다.

감히 조정을 겨누어 병력을 일으킨 심왕 김제와 그 세자는 이제 쓰러지고 목숨을 잃었으며, 정당한 후계자인 해완군 김윤을 황제가 황은으로 감읍시켜서 병력을 심양으로 돌아가게 하여, 요동을 안정시켰다는 식으로 이번 전란은 포장되기 시작했다.

황제는 해완군의 충정을 치하해서 나라를 열 수 있도록 윤허해 주었고, 김윤은 대대로 황실에 변치 않는 충성을 맹세했다는 것이 공식적인 황성의 입장이었다.

태정제는 아주 기세를 몰아서, 군을 개혁하는 일에도 손을 대기 시작했다.

아무리 그 군기가 해이한 북방의 군세였다고 하더라도 요동군에게 참패한 것은 사실 충격적인 일이었다.

요동군과의 전력 격차를 실감한 태정제는 군부에 칼날을 들이대 병제 개혁을 단행했다.

조광조 시대에 이루어진 군의 개혁 이후 다시 100여 년이 지나가고 있었고, 제국군은 그간 아무런 발전이 없었다.

한정된 예산으로 강병을 꾸리기 위해 태정제는 병역을 이행하지 않는 대신에 세금을 납부하는 제도를 강화했고, 군의 병력을 대규모로 축소했다.

태정제는 「숙군칙령(肅軍勅令)」을 반포하여 전국적으로 28개 부대가 산재하고 있는 진위대를 통폐합하여, 20개로 줄일 것을 명했다.

각 진위대의 병력은 5천으로 못 박아, 육군의 전체 병력 규모를 10만으로 공식화했다.

여기에 해군 1만여 병력에 수도근위부대인 시위대의 병력 1만을 더해 총 12만의 군대를 내지에서 운용하도록 한 것이었다.

북해와 영주, 진서의 주둔군은 원칙적으로 각 지역에서 충당하는 것으로 못 박았고, 각기 그 규모를 5만을 넘지 못하도록 법령화했다.

대신 병력의 규모를 줄임으로서 생긴 자본적 여유를 태정제는 무기를 개량하고 강화하는 사업에 재투자했다.

새롭게 요동의 동맹자로 결탁한 김윤과 합의하에 요동보총의 기술을 이전받아 진위대의 기존 보총을 단계적으로 교체하게 하고, 기병 전력을 강화하며, 포병 또한 보충하게 했다.

창과 활은 무기 체계에서 완전히 배제시켰고, 병력의 훈련 과정 또한 총포(銃砲)와 기마술, 제식(制式)의 훈련을 중심으로 개편했다.

이러한 과정을 거치며 태정제는 군부를 아주 내각에서 독립시켜서 황제 직할로 편성했고, 내각의 아무런 동의 없이 황제의 명령만으로 군대를 움직일 수 있도록 구조화시켰다.

군부대신은 이제 내각에서 선발되지 않고, 오로지 황제의 뜻에 따라 움직이게 되었던 것이다.

태정제가 이렇게 요동과의 충돌을 계기 삼아 군권을 완전히 장악하고 숙군을 단행하는 동안, 요동에서도 새롭게 권력자로 부상한 김윤이 황성과의 모종의 결탁을 유지하며 정치를 일신하기 시작했다.

심왕 김제에 대한 황제의 폐위 칙령이 떨어진 지 얼마 가지 않아, 마치 그 사실을 알기라도 하는 듯 의식을 잃고 있던 김제는 모진 목숨을 땅에 두고 승하했다.

자연스럽게 왕위를 계승하게 된 김윤은, 정식으로 새롭게 조정을 구성하고, 요동 도평의사사를 의정부(議政府)로 새롭게 이름을 고치고, 육조(六曹)를 구성했다.

그 뒤 정식으로 도읍을 심양으로 정하고, 그 정식 호칭을 성경부(盛京府)로 고쳤다.

성경부의 태안궁의 좌우로 종묘(宗廟)와 사직(社稷)이 세워지고, 정식으로 의정부에서 조회를 주재하여 새로이 국명을 추렴해 올리도록 김윤은 명했다.

"본디 옛일을 상고해 볼 때, 나라의 이름은 그곳에 자리한 옛 지명에서 취해오는 것이 전례에 부합합니다. 이곳 요동에는 예로부터 옛 조선 및, 고구려와 발해, 요와 금이 있었으니, 이 중에서 마땅히 취하시는 것이 옳으실 줄 압니다."

"조선은 제국의 옛 국명으로, 내지의 통칭이니 우리가 사용할 수가 없으며, 요와 금의 외자 국명은 황제국에나 붙일 수 있으니 이 또한 맞지 않습니다. 고구려는 이미 왕씨 고려에서 취한 바가 있고, 발해는 요동보다 지금의 북해에 강역이 있었으니 이 또한 마땅하지는 않습니다."

국호를 둘러싼 문제는 보름이 넘게 의정부를 들썩이며 회의가 되었다.

이렇게 국호를 택하는 문제를 놓고 마지막으로 추렴된 것이, 땅 이름을 딴「요동」과 옛 나라 이름을 딴

「발해」였다.

대진국(大辰國) 또한 마지막까지 주장되었으나, 나라를 높여 부르는 대(大)를 제외하면 외자국명으로 황제국이 아닌 왕국에는 격이 맞지 않다 하여 반려되었다.

이렇게 요동과 발해의 국명 중에 택하여 정해달라고 김윤은 황성의 태정제에게 보냈고, 태정제는 이 중에서 요동의 국호를 택해서 내려 보냈다.

태정제는 북방에 근거지를 두고 신라와 병존했던 발해의 뒤를 이은 나라로 요동이 자처하기를 원하지 않는 내심이 있었기 때문이다.

요동이라는 국호 또한 문제가 있기는 했다.

본디 요동이라는 것은 요하(遼河)의 동쪽 땅을 중원에서 관습적으로 부르는 이름이었다.

산해관 이동에서 요하의 서쪽까지의 땅 또한 점유하는 요서(遼西) 또한 강역에 포함하고 있는 나라의 이름으로는 반쪽짜리라는 의견도 적지 않았다.

그러나 이미 당송(唐宋) 이래로 요동이 산해관 이동을 통칭해 부르는 용례가 정착되어 있었고, 심왕가의 심요도독부 200년 치세 동안에도 요동이라는 통칭이 정착되어 있었기에, 김윤은 이 이름이 충분히 나라 이름으로 적합하다고 결정했다.

정식으로 태정제의 윤허까지 받자, 김윤은 더 이상 미루지 않고「요동국(遼東國)」의 개국을 선포했다.

심왕의 작위는 이제 폐지되고, 심왕은 요동국왕의 칭호를 사용하게 된 것이다.

심요도독부 또한 공식적으로 사라지게 되었고, 요동국왕을 정점으로 하는 행정 체계가 완전히 뿌리내리게 되었다.

제국 내에서 이전의 요동의 위치가, 심양 일대의 왕으로 봉해진 심왕이 사실상 제국에서 임명한 심요대도독의 지위를 겸해 심요도독부를 통치하던 미묘한 체제였다고 하면, 새롭게 요동국이 건국됨으로 인해 대한제국 수립 이전의 명과 조선의 관계와 같은 예속되어 있으나 독립된 체제로 변모하게 된 것이었다.

그러나 여전히 요동은 제국을 구성하는 일부였고, 조선이 그랬던 것처럼 황제에게나 붙일 수 있는 조종(祖宗)의 시호를 붙이는 것은 허락되지 않았다.

요동왕 김윤을 비롯한 요동의 신진관료들도 이것까지 내어놓으라고 황제에게 닦달할 생각은 하지 못했다.

하지만 이리하여 공식적으로 요동은 내정·사법·군

권을 포함해 외교를 제외한 모든 자치권을 공식적으로 획득하게 되었다.

태정제는 정식으로 재상 허균(許筠)과 새롭게 외부대신에 보임된 최명길을 보내서 요동에 고명(誥命)을 내렸다.

김윤은 정식으로 사모(紗帽)와 단령(團領)을 갖추어 입고 의장(儀仗)과 고취(鼓吹)를 지니고서 이들을 맞아 들였다. 요동국의 정궁이 된 태안궁 평녕전(平寧殿)에 이르러 허균은 왕이 된 외조카 앞에서 황제의 고명을 선독(宣讀)했다.

"예전 삼황오제가 정치를 하매, 덕이 다하고 베푸는 것이 넓어서, 만방을 덮어 기르니, 무릇 나라를 가진 자는 내외의 사이가 없이 신하로 복종하지 않음이 없었다. 이에 군장을 세워 그 백성들을 다스리게 하여, 황제의 번병(藩屛)이 되게 하였다. 짐이 대통을 이어받아 예전의 성덕을 본받으려 한다. 그대 심양권지국사 김윤은 심왕가의 왕통의 전위를 이어받아, 그 땅을 다스려 편안케 하고, 직공(職貢)을 다하여 예를 따르기를 정성스럽게 하고, 봉(封)함을 받지 못하여 빌고 청하기를 부지런히 하고 지극히 하므로, 이에 너를 명하여 요동국왕을 삼고, 금으로 된 인을 주어, 정식으로 요동의 나라에 봉하고, 북쪽 땅의 군장이 되게 한다. 그대는 덕을 쌓는 데에 힘써서, 성현의 가르침대로 집에서는 효우하고, 윗사람에게는 충순하며, 아랫사람에게는 어질고 은혜롭게 하여, 모든 백성이 복을 받고, 후손이 밝게 본받도록 하여, 길이 짐과 제실을 도우라. 땅을 열고 집을 세우는 것은 덕이 아니면 마땅한 것이 없을 지니, 그리한다면 어찌 그대의 백성들이 공경하지 않겠는가."

임금이 고명을 받고 나서, 새롭게 요동왕에 즉위한 김윤은 곤룡포와 면류관을 갖추고 사은례(謝恩禮)를 행하였다.

두 세기에 걸친 심왕가가 이제 요동국의 왕가(王家)로 새로이 거듭나고, 북방에는 새로운 왕조가 탄생하게 되었다. 1617년 8월 1일의 일이었다.

1620년
태정(太禎) 32년 맹춘(孟春)
요동국(遼東國) 성경부(盛京府).

김윤이 요동국왕의 작위를 받아 나라를 창업(創業)하고 고명을 받은 것은 제국 내에서 소소한 이야기거리는 되었을 망정 논란거리는 되지 못했다.

어린 나이에 부친의 복수를 위해 반군에 가담해 결국 폐주(廢主)가 되어 죽은 금양군 김제에게 잡혀 인질 생활을 하다,

「서북변란(西北變亂)」의 와중에 급작스럽게 부상해 결국 요동국 창건의 대업을 달성한 김윤의 일화(逸話)가 인구에 회자되기는 했다.

이렇게 제국 내의 여론이 요동의 자립을 대수롭게 보지 않은 이유는, 시기가 문제였을 뿐 언젠가는 일어날 일이었다는 인식이 사람들 속에 자리 잡고 있었기 때문이다.

애초에 요동국 자체가 갑작스럽게 떨어져 나간 것이 아니라, 무주공산이나 다름없던 곳에 심왕가가 깃발을 꽂음으로 시작된 것이나 마찬가지였다.

원나라의 패퇴 이후, 명나라가 채 요동에 확고한 지배를 확립하지 못한 사이, 초대 심왕인 김세훈이 명과 조선의 전란 와중에 심왕의 작위를 손에 넣음으로서 요동의 독자 노선이 시작된 것이었다.

그 이후 조선이 황제국을 칭해 국호를 한국(韓國)으로 삼고, 요동에 심요도독부를 설치한 뒤에도, 심왕가는 심요대도독을 겸작(兼爵)하며 요동을 심왕부의 사영지(私領地)로 삼게 되었다.

　그 후 두 세기에 걸쳐 역대의 심왕은 심양의 번왕(藩王)으로서가 아니라 심요대도독의 자격으로 요동을 통치해 왔었다.

　그러나 사실상 시간이 흘러갈수록 이런 구분은 무의미해져 갔고, 정치적 혼란을 거듭하며 갈수록 사회 구조가 경직되어 가는 내지의 영향에서 탈피하고자 하는 요동의 노력은 꾸준히 이루어져 왔다.

　그 결과 근자에 이르러서는 연공(年貢)으로 조정에 보내는 세폐(歲幣)를 제외하고는 사실상 황성부 조정에 지는 의무가 거의 사라진 상황이었고, 더군다나 태정제와 전대 심왕인 폐주 금양군 사이에 긴장 관계가 극에 달해 있는 상황이었다.

　그간 언제고 터질지 몰랐던 불씨는 요동 내전으로 인해 점화되었고, 그 결과, 금양군이 요동군의 군사 행동을 단행하는 지경에 이르렀던 것이다.

　사실 당초 금양군이 군사 행동을 벌이며 목적했던 것

은 요동의 자립을 확고히 하는 것이었다.

그는 황성부 조정을 전복시킬 의도도 없었고 능력도
없었다.

그러나 예기치 않게 전황이 돌아감에 따라 그의 의도
는 무산되었고, 도리어 유일한 아들이었던 세자 김홍을
죽음에 몰아넣고, 제거하려 했던 조카 김윤이 전면으로
부상하는 결과만을 가져왔다.

해완군 김윤은 본래 황성부의 조정 및 누르하치가 이
끌던 반군과 정치적 · 혈연적으로 긴밀한 연을 맺고 있
었다.

때문에 요동과 제국군이 대치했던 소위 서북변란을
마무리 짓는데 그만큼 적임자도 없었다.

요동군을 이끌고 있던 김윤의 장인 한의직이 그에게
날개를 달아주었고, 이렇게 죽을 운명이었던 비운의 왕
손은 시대적 이해관계가 때마침 잘 맞아떨어짐에 따라,
본래 금양군이 꿈꿨던 요동국의 건국을 자신의 공업으
로 삼게 되었음은 물론이고, 불가능해 보였던 황성부
조정과의 연대까지 이끌어냈다.

황성의 태정제와 성경의 요동왕 김윤은 전통적인 두
도읍 간의 공모 관계를 다시금 역사의 전면으로 불러왔

던 것이다.

물론 당연하게 이런 정치적인 결탁에는 희생자가 필요했고, 그 제물로는 폐주 금양군과 그 아들 김홍이 바쳐졌다.

모든 서북변란의 책임 소재는 그들에게로 돌아갔고, 금양군은 결국 왕으로 죽지도 못했다.

의식을 잃고 쓰러져 있는 동안, 황제는 그를 전격적으로 폐위시켜 버렸고, 결국 시호도 받지 못하고 능역(陵域)에 묻히지도 못한 채 죽음을 맞이했던 것이다.

그 아들 세자 김홍은 요동군을 부추겨 황제에게 반역했다는 오명까지 뒤집어쓰고, 시체는 버려진 것은 물론이거니와 군호(君號)와 작위(爵位)를 박탈당하고 왕가의 족보에서도 이름이 지워져 버렸다.

이러한 시대적 조류를 타서 운이 좋게 왕위에 앉게 된 것이 바로 요동왕 김윤이었던 것이다.

전혀 예기치 못하게, 그리고 아주 손쉽게 요동국왕의 자리에 앉은 김윤이었으나, 그가 왕권을 완전히 장악하는 것은 생각보다 손쉬운 일이 아니었다.

사실상 개국공신이 되어 버린 그 장인 한의직의 그늘이 컸기 때문이었다.

한의직의 일가는 본래 국초(國初)에 서역으로 보내졌다가 동로마까지 흘러들어 갔던 한학정의 아들인 한경조가 심양으로 귀부(歸附)해 옴에 따라 시작된 가문이었다.

심양한씨(瀋陽韓氏)의 일문은 그 뒤로 누대에 걸쳐 요동의 여러 관직에 일족의 이름이 두루 오르고, 심양에서도 손에 꼽히는 명문가에 반열에 올라 정계에 지대한 영향을 끼쳤다.

이들은 본래 요동의 내란이 벌어질 무렵, 금양군이 아닌 예양군을 지지했었다.

그러나 가문과 절연한 것이나 다름없던 한의직이 금양군을 옹립하는 데 주요한 역할을 한 덕분에 가문 전체가 기사회생(起死回生)하게 되었다.

때문에 심양한씨의 일족은 여전히 심양의 명문거족으로 행세할 수 있었고, 그 영향력은 줄어들기는커녕 더욱 강성해져 갔다.

서북변란 당시 심왕세자 김홍이 한의직에게 공공연한 반감을 드러냈던 것도, 바로 이러한 한씨 일족의 영향력을 견제하고 꺼꾸러뜨리고자 했던 욕심 때문이었다.

그러나 노회한 한의직은 도리어 이 과정에서 사실상

자신이 죽이려 했던 해완군 김윤을 등에 업고 요동국 창업에 일조함으로써 정치적 변신에 성공했다.

그 위치가 단단해진 한의직을 몰아내는 것은, 아직 기반이 취약한 김윤으로써는 사실상 불가능한 것이었다.

때문에 새롭게 세워진 요동국의 조정은 사실상 요동왕 김윤과 의정부 영의정의 자리에 오른 한의직을 위시한 심양한씨 사이의 연립정권이나 마찬가지였다.

이러한 상황에서 한의직으로부터 최소한의 정치적 자율성을 지키기 위해, 요동왕 김윤은 황성부의 태정제와 결탁하는 방법을 채택하는 수밖에 없었다.

그럼에도 불구하고 김윤과 한의직 사이에는 큰 균열이 일어나지는 않았는데, 요동 내의 정치적 이해관계가 이들이 분열하지 못하도록 막고 있었기 때문이다.

요동내전 당시, 정당한 왕위 계승자였던 예양대군을 지지하고, 반군의 선봉에 섰던 동부를 중심으로 한「근왕당」과 금양대군을 지지하던 「혁신당」의 뿌리 깊은 반목은 여전히 요동에 꺼지지 않은 불씨로 남아 있었다.

이러한 와중에서 몰락한 것이나 다름없던 근왕당이

요동국의 건국과 함께 다시 재부상하게 되었고, 여전히 잠복하고 있는 서부의 혁신당 일파를 누르기 위해 김윤과 한의직은 결탁할 수밖에 없었던 것이다.

이것은 요동군을 장악하기 위해서도 필수적이었는데, 금양군에 대한 향수가 짙은 요동군을 동요하지 않게 하기 위해서는 요동군에 영향력이 강한 한의직의 수완과 요동왕 김윤이 가지고 있는 명분이 동시에 필요했기 때문이었다.

이러한 상황에서 김윤과 한의직은 서로 제각기 움직일 수 없고 발을 맞추어야 하는 전략적 결탁을 할 수밖에 없었던 것이다.

김윤은 어느 정도 이러한 정치적 조율이 안정되었다고 판단하자, 새로운 요동의 설계에 착수하기 시작했다.

그는 심양한씨의 지지를 바탕으로 요동 내에 남아 있는 금양군이 심어놓은 인사들을 상대로 숙정(肅正)을 단행했다.

처음으로 밀려난 것은 한의직에게조차 공공연히 반감을 드러내는 요동군 내의 강경파들이었다.

이들은 서북변란에 동원되지 않았던 북방과 산해관

일대에 주둔해 있던 병력을 움직여 심양을 공격하려는 반정(反正)까지 시도했으나, 사전에 발각되어 반역죄를 뒤집어쓰고 처참하게 죽음을 맞이할 수밖에 없었다.

다음으로 손이 닿은 곳은 금양군의 정치적 위세를 등에 업고 요동의 정계에 진출한 인물들이었다.

이들은 일차적으로 요동도평의사사가 의정부와 육조(六曹)로 개편되는 과정에서 밀려났고, 이차적으로 식읍(食邑)을 박탈당하고 관직에서 파면됨으로써 완전히 정계에서 추방되었다.

이로 인해 빈자리는 요동내전 당시 예양대군, 그리고 인양군을 옹호하는 바람에 사실상 멸문(滅門)의 수난을 겪었던 옛 가문들의 후예들이 차지하게 되었다.

이 과정이 마무리되자, 요동의 정계는 심양한씨를 중심으로 하는 「동당(東黨)」과 김윤에 의해 다시 정계로 불러들여진 옛 근왕당 중심의 「서당(西黨)」으로 나뉘게 되었다.

김윤은 그러나 이 두 파당 간의 대립을 부추기는 대신에, 정치적인 연대를 추구하는 소위 탕평책(蕩平策)을 국시로 삼고 정국 운영의 아슬아슬한 줄타기를 시작했다.

자칫하다가는 다시 혼란으로 빠질 수 있는 중요한 시기라는 것을 직감하고 있었기 때문이다.

정치적으로 이러한 조율 작업을 하는 동시에, 김윤은 재빠르게 기존에 폐주 금양군이 손에 쥐고 있었던 북방 모피 무역의 통로를 장악하는 데 매진했다.

사실 이 무역 거래의 지분은 실제 북방 개척에 큰 공을 세웠던 한의직이 크게 가지고 있었고, 때문에 김윤은 이것을 장악하는 데에 애를 먹었다.

한의직이 통 크게 양보하지 않았다면, 김윤은 정치적 균형을 잃고 곤란에 빠질 수도 있을 정도로, 모험적인 행보이기도 했다.

예조판서와 이조판서의 두 자리를 심양한씨에게 내어주는 대가로 얻어낸 이 북륙 무역의 관할권을 이용해, 김윤은 내탕금(內帑金)을 쌓기 시작했다.

자금 운용의 중요성을 깨달은 김윤은, 기존에 요동도평의사사에 딸려 있던 은행국(銀行局)을 확대 재개편하여 「왕립요동은행(王立遼東銀行)」을 세웠다.

「왕립(王立)」이라는 단어는 이때 처음으로 사용되게 되었는데, 기존에 드물게 쓰이던 어립(御立)이란 단어의 격을 높이는 동시에, 요동국왕이 의정부의 영향에서 독립해 직접 세우고 전권을 지니는 관청이라는 의미를 적극 부여하기 위해서 고안해 낸 용어였다.

김윤은 왕립요동은행의 설립과 동시에 기존에 발행하던 요동폐(遼東幣)의 유통을 정지시키고, 새롭게 「환(圜)」을 단위로 하는 화폐제도를 출범시켰다.

기본 단위인 환의 위에는 관(貫), 아래로는 전(錢)이라는 단위가 도입되었다.

김윤이 수립한 화폐제도는 금·은 복본위제도였는데, 기본 단위인 환은 은화(銀貨)로 발행되고, 10환을 금화(金貨) 1관으로 환산하도록 법제화시켰다.

보조 단위인 동화 100전은 은화 1환으로 바꿀 수 있도록 했는데, 동화 1,000전=은화 10환=금화 1관의 고정 비율이 정해졌다.

이 새로운 화폐는 통칭 「요동화(遼東貨)」라는 이름으로 불리게 되었고, 기존의 요동폐는 새롭게 왕립요동은행의 산하기관으로 설립된 조폐창(造幣倉)의 감독하에 새로운 요동화로 전환할 수 있도록 했다.

이렇게 요동의 경제적인 목줄을 틀어쥐는 데 성공한 김윤은, 조심스럽게 다음 단계의 개혁 작업에 착수했는데, 바로 심양에서 팔려서 내지로 옮겨진 다음에 외국으로 수출되던 모피 무역의 경로를, 내지를 생략하고 바로 요동에서 수출이 가능하게 바꾸는 것이었다.

요동에는 모피뿐만 아니라, 급속도로 성장하는 제조업이 부흥하고 있었고, 이러한 물품을 보다 이윤을 남기고 판매하기 위해서는 수출 창구를 손에 쥐는 것이 필요했다.

이것은 매우 중요한 문제였는데, 요동과 내지 사이에는 관세가 없었고, 때문에 물건이 요동에서 내지로 옮겨져 예성·목포·동래 등을 통해 수출되면 관세는 심양이 아닌 황성의 국고에 고스란히 들어가게 되어 있었다.

직접 관세를 물릴 수 있는 창구가 필요한 시점이었고, 그러기 위해서는 내지의 항구들에 지지 않는 새로운 요동만의 항구가 필요했다.

"과인이 하는 일을 장인께서 적극적으로 나서 도와주신다면, 내 새롭게 건설되는 항구의 이권을 각별히 보장해 드리겠소."

막대한 자금이 소요되고, 왕권이 강화되는 것에 부담을 느낀 신료들의 견제가 들어올지도 모른다는 것은 김윤 또한 충분히 예상하고 있었다.

때문에 새로운 항구의 건설을 추진하기 위해서는 한의직의 지지가 절대적으로 필요했다.

처음에는 김윤이 새로운 항구를 건설해 자금력을 한층 더 확보하는 것을 경계하고 있던 한의직이었으나, 새롭게 건설되는 항구에서 나오게 될 이권을 한의직에게도 나누어주겠다는 말에는 움직이지 않을 수 없었다.

국왕 김윤의 내탕금과 의정부에서 관할하는 요동국의 국고(國庫)에서 막대한 자금이 추렴되어 새 항구 건설에 투입이 예정되었다.

새롭게 항만이 개발될 위치는 물색 끝에 요동반도 최남단에 위치한 여순구(旅順口)가 낙점되었다.

천혜의 항만을 보유하고 있는 이 한적한 시골 고을은, 즉각 여순부(旅順府)로 고을의 등호가 승급되었다.

이곳의 부윤(府尹)으로 한의직의 조카인 한재흠(韓載欽)이 파견되고, 이내 막대한 인력이 투입되어 항구가 축조되기 시작했다.

김윤은 이곳의 국유지를 헐값에 심양한씨의 일족에게 넘겨주었고, 항구가 개발되자 이들은 이윤을 쉽게 얻을 수 있었다.

그 대가로 한의직은 항만 개발에 적극적으로 찬성하

며 김윤의 뒤를 봐주었고, 조정의 대신들을 움직여 여순항의 개발에 돈을 대도록 만들었다.

여순항의 정지 작업이 어느 정도 끝나자, 김윤은 모피를 비롯한 요동국에서 생산된 물품을 외부로 반출하기 위해서는 반드시 여순항을 거치도록 법령을 통과시켰다.

예외가 되는 것은 택주(澤州)를 통해 북해로 반출되는 물품과 의주(義州)를 통해 내지로 들어가는 물품이었는데, 이곳에는 관세를 물리지 않는 대신 철저하게 의정부의 인가를 받은 상인들만 물자를 운송할 수 있도록 했다.

북륙의 각지로부터 반입된 모피는 여순에 모아져 일괄적으로 새롭게 설립된 「여순항관상맹(旅順港關商盟)」을 통해서 수출되도록 제도화되었다.

여순상맹의 지분은 국왕을 대리해 왕립요동은행이 51%, 한의직을 비롯한 조정 관료들이 40%를 가지고, 나머지 9%는 일반 시중에 매각되었다.

이들은 일괄적으로 모피를 수출할 때 관세를 왕립요동은행에 납세했다.

마지막으로 김윤이 손을 댄 것은, 요동내전 당시에

금양군에 의해 문이 닫힌 뒤로 다시 열리지 못하고 있던 어립심양문리과대학의 문제를 해결하는 것이었다.

김윤은 대학의 이름을 「성경왕립대학」으로 고치고 흩어진 교원을 다시 불러 모으고 학생들을 모집해 다시 문을 열도록 했다.

김윤의 어린 시절 스승으로, 심양대학이 문이 닫혔을 때 요동에서 도망쳐 진서까지 흘러들어 갔던 대학자 민응로 또한 이 소식을 듣고 요동으로 귀환해 왔다.

"스승님, 오랜만입니다. 그간 안녕하셨습니까?"

거의 이십여 년만에 요동에 돌아온 민응로는, 어느덧 귀밑이 하얗게 샐 정도로 늙어 있었다.

이 노학자는 김윤의 앞에 주저앉듯 무릎을 꿇고서는 하염없이 눈물을 쏟아냈다.

"전하, 전하, 소신 이날을 맞이하게 되니 오늘 이 자리에서 쓰러져 죽어도 한끝의 미련이 없나이다."

김윤은 민응로의 어깨를 부축해 직접 일으켜 세우며, 옛 스승을 다독였다.

"무슨 말씀을 그리하십니까? 스승께서는 학교로 돌아가시어 그곳의 대사성을 맡아 주십시오."

대사성(大司成)이라 함은, 곧 대학의 총장(總長)이

었다.

민웅로를 기용하여 왕립대학의 총장에 앉힌 뒤에, 김윤은 대학의 학제 개편에도 깊숙이 개입했다.

왕립대학에 입학하기 위한 예비 단계의 교육을 받을 수 있도록, 도읍인 성경(盛京)을 위시한 요양·건주·동녕·금주·여순의 5부(府)에 3년제의 예비학교(豫備學校)를 세웠다.

통칭 예교(豫校)라고 불리게 된 이 학교를 거친 학생들만이 입학 시험을 거쳐 왕립대학에 입학할 수 있도록 한 것이다.

동시에 김윤은 과거제도에도 손을 대서 과거를 왕립대학의 졸업 시험으로 대체하도록 했는데, 때문에 내지와 다르게 이 왕립대학의 졸업 시험이 대과(大科)로 불리게 되었다.

대과를 치를 자격이 왕립대학의 졸업자에 한정되었으므로, 이는 곧 왕립대학을 졸업한 자만이 요동국의 관료가 될 수 있다는 것을 의미하는 것이기도 했다.

때문에 이전과 같이 내지 출신의 인물이 관직에 기용되는 것은 불가능해졌고, 이를 통해 요동국만의 독자적인 관료 체계를 운용하는 기틀로 삼고자 김윤은 이 개혁을 추진했던 것이다.

이렇게 왕위에 즉위한 뒤 몇 년간, 김윤은 요동의 정치를 완전히 재정비하는.데에 성공했다.

국왕인 김윤을 정점으로, 기존의 행정을 전담하던 도평의사사를 흡수 확대한 의정부(議政府)는 육조를 거느리게 되었다.

이 의정부에는 한의직과 같은 국왕을 견제할 수 있는 신료들이 대거 진출해 있었다.

김윤은 이에 대항해 왕권을 강화할 수 있는 수단으로 왕립요동은행과 성경왕립대학같은 직속 기구들을 확보하고 직접 감독했다.

이러한 상호 견제 사이에 적절한 균형이 재빠르게 요동에 자리 잡아 갔고, 지난 20여 년간 내전과 변란에 시달려 왔던 나라의 정세는 순식간에 안정을 되찾아가기 시작했다.

요동의 백성들은 새로운 왕의 치세를 진심으로 환영하게 되었다.

1622년
태정(太禎) 34년 맹하(孟夏)

요동국(遼東國) 경조로(京兆路) 성경부(盛京府).

태정 33년(1621) 7월 1일, 요동의 새로운 행정 제도가 왕령으로 선포되었다.

기존의 심요도독부 산하의 부(府)·군(郡)·진(鎭)·보(堡)로 나뉘어 있던 제도를 혁파하고, 새 왕조에 걸맞는 행정 계통을 수립하려 한 것이었다.

요동국의 전체를 7로(路)와 1계(界)로 나누어, 각 로(路)에는 안찰사(按察使)를 파견하고, 계(界)에는 병마사(兵馬使)를 파견하도록 했다.

도읍인 성경부를 중심으로는 경조로(京兆路)를 설치하고, 남쪽의 요동반도에는 여순부를 수부(首府)로 삼아 남양로(南洋路)를 두고, 동쪽에는 건주부를 수부로 삼아 동림로(東林路), 서쪽에는 금주부(錦州府)를 수부로 하여 안서로(安西路), 북쪽에는 철령군(鐵嶺郡)을 철주부(鐵州府)로 고쳐 강북로(江北路)를 두었다.

이 외에도 경조로 남쪽의 요양부를 중심으로 경남로(京南路)를 두고, 경남로와 동림로 사이에 동녕군을 수부로 삼아 동녕로(東寧路)를 설치했다.

이 7로에 속한 지역에는 기존의 진과 보를 모두 폐지

하고, 일괄적으로 수부는 부(府)로, 일반 고을은 군(郡)으로 만들었다.

금양군의 시절에 철주부 너머로 「북륙임도」를 중심으로 개척된 북륙 지역에는 북계(北界)를 설치하여 요동군의 관할하에 두었는데, 요동육군의 부장(副長) 계급에 해당하는 이를 병마사(兵馬使)로 파견하여 행정과 북방의 방비를 담당하도록 결정되었다.

이곳에는 일반적인 군이 설치되지 않고, 진과 보를 여전히 두도록 하였다.

이와 함께 요동국 전체적으로 호적 조사를 실시하였는데, 경조로 88만인, 경남로 65만인, 동녕로 48만인, 남양로 54만인, 동림로 35만인, 안서로 70만인, 강북로 29만인, 북계 18만인을 도합하여 7로 1계의 전체 인구가 400만여 명이었다.

호적에 포함되지 않고 여전히 북계와 강북로, 동림로 등에 잡거하는 수렵민들의 숫자를 포함한다면 요동국 경내(境內)의 인구는 500만에 가까운 것이었다.

이것은 당대의 내지의 인구 2,800만여 명, 진서의 인구 700만여 명에 비하면 적은 숫자임에는 분명했다.

그러나 한 세기 전으로 돌아가, 현 심왕의 증조부 되

는 경흥왕 김진영이 몽골과 전쟁을 치른 때의 심요도독부 관할 내의 전체 인구가 180만 남짓이었던 것을 감안하면, 100년 사이에 그 인구가 두 배가 넘게 불어난 것이었다.

이렇게 인구가 급증한 저간의 사정에는 생활이 안정됨에 따라 요동의 자체적인 인구성장이 있었던 것도 있고, 또한 호적 조사가 예전에 비해 좀 더 치밀하게 수행됨에 따라 그간 잡히지 않았던 인구가 계산된 까닭도 있었다.

그러나 그보다 큰 요인은, 바로 일자리를 찾거나 빈 땅을 찾아서 요동으로 끊임없이 유입되는 이주 행렬에 있었다.

특히 이런 추세는 요동내전이 종식되고 요동의 정치가 안정된 뒤로부터 더욱 거세졌는데, 많은 인구를 필요로 했던 요동에서는 이를 크게 제재하지 않았다.

그중 많은 이들이 인구압에 시달리고 있는 내지의 삼남(三南)에서 왔고, 또 적지 않은 숫자의 명나라 한인(漢人)들이 만력제(萬曆帝) 치하의 폭정(暴政)을 피해 요동으로 흘러들어 왔다.

지나치지 않은 선에서 요동에서는 꾸준히 이주를 받

아들여 왔었다.

이들은 주로 큰 성읍에 자리를 잡고, 수요가 급증하고 있는 제조업에 몸을 담그기 시작했다.

유리·인쇄·도자기·직물·제지 등의 산업이 전반적으로 성장하고 있었고, 성경부의 동쪽에 있는 무순(撫順)을 중심으로 한 석탄 채굴 등의 광업(鑛業)에도 많은 이민자들이 종사했다.

서장섭(徐壯燮) 또한 그렇게 요동으로 새롭게 흘러들어 온 이민자들 중 한 명이었다.

그는 본래 강원도 영월 일대의 산골 출신으로, 열다섯 나이에 경상도 예천으로 데릴사위로 장가를 들었다.

그곳에서 그는 도자기를 굽는 법을 배우고, 석공(石工) 생활을 하기도 했는데, 생활이 좀체 변변하지 못했다.

어린 나이에 결혼해 일찍이 처자를 부양해야 했기에, 군역을 지는 대신에 군포(軍布)를 내고 병역을 빼는 수밖에 없었는데, 빈한한 생활에서 다른 세금과 함께 군포를 내는 것이 사실상 불가능했다.

그러던 와중에 동리에서 금전 관계로 문제가 생겨 곤란한 지경이 되었고, 결국 요동으로 가족을 이끌고 야

반도주를 감행하게 되었다.

이렇게 서장섭이 요동에 흘러들어 온 것은, 아직 서북변란이 일어나기 전으로, 막 요동내전이 끝나가던 때였다.

내전의 혼란함을 틈타 심양에 자리 잡은 서장섭은, 성 밖의 오두막에서 살면서 어렵사리 심양의 도자기 공방에서 일을 할 수 있었다.

수입 자체는 예천에서 살 때보다 그다지 나아지지 않았지만, 내전의 와중이라 세금 부담이 덜했고, 요동의 호적에도 이름이 오르지 않아 군역에 동원되지도 않았기에 서장섭은 큰 근심 없이 일할 수 있었다.

평생 이렇게 도공(陶工)으로 남게 될 수도 있었던 서장섭에게 기회가 온 것은 얼마 가지 않아서였다.

내전이 종식되고, 요동의 상업이 다시 부흥기를 맞이하게 됨에 따라 도자기에 대한 수요가 점차 늘어나기 시작했다.

그간 기술을 충분히 닦아놓았던 서장섭은 독립하여 공방을 차릴 생각을 하게 되었고, 심양의 남쪽을 지나는 혼하(渾河)에 면한 곳에 조그마한 공방을 차렸다.

"빚은 잔뜩 지고, 호적에도 이름이 올라 이제 세금도

내게 생겼으니 앞으로 살림을 어찌 꾸려 나갈까요. 아이가 벌써 여덟인 걸요."

의기양양하게 공방을 차린 서장섭이었으나, 그가 기대했던 수익은 좀체 나지 않았다. 그의 부인은 밤마다 근심 어린 표정으로 서장섭을 타박했다.

문제는 서장섭과 같이 공방을 독립적으로 차리고 나선 장인들이 늘어나고 있었고, 도자기를 굽는데 필수적인 원료인 고령토(高嶺土)를 구하는 것이 쉽지 않다는 데에 있었다.

주로 내지의 남쪽에서 산출되는 고령토를 수천 리 떨어진 요동까지 실어오면 그 값이 천정부지로 뛰었고, 서장섭과 같은 소규모의 공방에서는 그 고령토를 매입해 도자기를 굽고 나면 수익이 나기는커녕 손해 보기가 일쑤였다.

공방을 차린 지 채 1년이 지나지 않아 서장섭은 거의 파산 지경에 이르게 되었는데, 설상가상으로 부인이 앓아눕게 되었다.

고기를 사다가 먹일 형편이 되지 않았던 서장섭은, 근처에 있던 도축장에서 소뼈를 사다가 거기에 붙은 얼마 안 되는 힘줄 따위를 부인에게 먹였다. 그러나 부인의 병세는 좀체 호전되지 않았다.

"에이, 제기랄!"

서장섭은 공방을 닫을 결심을 하고, 온갖 공방의 집기들을 모아다가 고로에 넣고 태워 버렸다. 그중에는 부인에게 먹이고 남은 소뼈도 들어 있었다.

겨우 분을 삭이고, 고용인들을 내보내고 마지막으로 고로를 정리하러 들어간 서장섭은, 거기에서 이상한 느낌을 받았다.

소뼈와 고령토를 던져 넣은 곳에 하얀 자기(磁器) 덩어리가 구워져 있던 것이다. 혹시나 하는 마음에 서장섭은 도축장에서 버리는 뼈를 잔뜩 얻어다가 고령토와 화강암을 넣고 구워 보았고, 이내 자기가 구워진 것을 확인할 수 있었다.

"부인, 이제 살았소. 우리는 살았단 말이요!"

서장섭은 흥분해서 집으로 달려와 부인에게 외쳤다.

여전히 자리에서 일어나지 못하고 있던 부인은 쓸데없는 소리 말라며 서장섭에게 앓는 소리를 했지만, 서장섭의 귀에는 더 이상 그것이 잔소리로 들리지 않았다.

내보냈던 공방의 장인들을 다시 불러 모으고, 서장섭

은 비싼 고령토의 비율을 줄이고 쉽게 얻을 수 있는 뼈를 많이 넣어 자기를 일부 생산해 보았다.

결과는 성공이었다.

기존 도자기의 반값으로 생산된 서장섭의 자기는, 싼 값에 매물로 내어놓을 수 있었고, 이내 시장에서는 반향이 오기 시작했다.

도자기는 생산량이 많은 내지 및 중국에서도 민초들이 쉽게 가질 수는 없는 고급 물품이었다.

더군다나 이제 막 도자기 산업이 정착된 요동이나, 아직 이를 만드는 기술이 없는 서양에서는 사치품에 속했다.

이러한 상황에서 값은 반으로 줄였음에도 품질에는 큰 차이가 없는 서장섭의 자기는 이내 사람들의 주목을 끌게 되었던 것이다.

뼈를 섞어 굽는다고 해서 「골회자기(骨灰磁器)」라는 이름이 붙은 서장섭의 자기는 요동을 시작으로 점차 외부로까지 팔려 나가기 시작했다.

순식간에 돈이 모이기 시작한 서장섭은, 좋은 의원을 수배해서 부인의 병도 치료하고 이제 막 장성하기 시작한 아이들을 교육시키기 시작했다.

때마침 서북변란이 종식되고, 요동국의 수립과 함께 새로운 정부가 구성되어 정치가 안정되면서 서장섭은 좋은 투자의 기회를 얻게 되었고, 심양에 자리했던 공방을 요양(遼陽)으로 옮겨 큰 규모로 확장했다.

「요양서가자기(骨灰徐家磁器)」라는 상호도 공식적으로 사용하기 시작했다.

서장섭은 어느 정도 사업이 안정 궤도에 오르자, 보다 고급의 자기를 생산하기 위해 채색 기술을 연구하기 시작했다.

당시 알려진 화학 지식을 습득한 선비들을 초빙해 기술을 배우고, 유약을 개발하는 일에 전념했다.

이내 서장섭은 골회자기에 화려한 장식이 들어간 채색 자기를 생산하는 데에 성공했고, 이것이 호평을 받음에 따라서 요동에서 손꼽히는 거부의 반열에 오르게 되었다.

요동왕 김윤도 서장섭의 자기를 보고 감탄하여, 그를 초청해 칭찬을 마지않았을 정도였다.

"과인이 보기에도 이 자기의 품질이 매우 훌륭한 데다가, 천하에서 그대만이 빚어낼 수 있으니 우리 요동에도 복된 일이다. 앞으로 궁중과 관청에도 이 자기를 납입하도록 하라."

왕실에까지 자기를 납품하게 됨에 따라, 서장섭의 명
성은 치솟기 시작했다.

김윤은 그에게 요동 최초로 명장(明匠)에게 주는 국
장(國匠)의 칭호를 주었다. 나라에서 살펴주어야 할 뛰
어난 장인이라는 의미였다.

국장으로 불리게 된 서장섭에게는 자연스럽게 부와
명예도 뒤따라왔다.

그는 자기 사업에서 축적한 돈을 바탕으로 직접 뼈를
싼값에 조달하기 위해 요양 서쪽에 막대한 토지를 사들
여 목장을 경영하기 시작했고, 자기의 원료가 되는 풍
화화강암과 고령토를 요동 내에서 구하기 위해 광산업
에도 뛰어들었다.

그는 자녀들을 교육시키는 일에도 소홀하지 않았는
데, 3남 5녀 모두에게 좋은 선생을 붙여주고 공부시키
는 데에 돈을 아끼지 않았다.

장남인 서수형(徐修衡)은 서장섭의 일을 도우며 공방
을 물려받게 되었고, 차남인 서수직(徐修織)은 요양예
교를 나와 왕립대학으로 진학해 관계(官界)로 진출했
다.

막내아들인 서수민(徐修旼)은 요동무관학교에 진학해 요동해군의 창설의 주역이 되었다.

서장섭은 다섯 딸들을 모두 요동의 관계와 상계의 주요 가문들과 전략적으로 혼인 시켰는데, 그중 미모가 빼어나고 기품이 있는 것으로 유명했던 둘째 딸 미령(美怜)은 정계의 거물인 한의직의 손자인 한재응(韓洩應)에게 시집갔다.

이 시기를 전후해 요동에서 사업을 벌여 성장하기 시작한 인물은 비단 서장섭뿐만은 아니었다.

모피 가공과 직물공업에서는 왕양(王暘)이라는 명나라 산동 출신의 이민자가 크게 성공해, 주로 명나라를 교역 상대로 삼아 서쪽 안서로 금주부에서 그 사업을 번창시켰다.

유리공업에는 일찌감치 심양에 자리 잡은 명가(名家)들이 성경부의 서문을 중심으로 뻗은 서문로(西門路)에 자리 잡아 심양유리의 명성을 이어갔다.

요동이 금은복본위제로 전환하던 시점에 금광을 개발해 큰 이익을 얻은 안항로(安恒露)는 요동 광업계의 거물로 부상했다.

이러한 요동 공업의 부상과 더불어, 물자의 유통을

원활히 하고 무역을 행하는 거상들이 성경과 여순을 중심으로 출현하기 시작했고, 내지의 상인들과 견주어 소위 「요상(遼商)」이라는 별칭도 얻었다.

요동에서 이렇게 상업자본의 출현과 함께 부를 쌓기 시작한 것은, 공인들과 상인들 뿐만은 아니었다.

요동은 한랭한 기후 탓에 벼 같은 작물 농업의 생산성이 낮았다. 때문에 일찌감치 요동에서는 목축업과 특용작물의 위주의 농업이 크게 성행했고, 주로 재배되는 곡물 또한 쌀이 아닌 밀과 보리가 많았다.

이러한 이유로 소규모의 자영농은 거의 찾아보기 힘들었고, 지방의 토지는 대부분 거대한 목장(牧場)이나 상업 작물을 재배하는 대농장으로 분할되어 있었다.

이러한 대규모 농지 및 목축지는 소규모의 부농(富農) 및 지주들이 점유하고 있었고, 이들은 토지 자본을 근간으로 한 지방의 유지 계급으로 손쉽게 성장할 수 있었다.

이들은 점차 정치적인 문제에 관심을 가지게 되었을 뿐 아니라, 지방행정에도 관여하기 시작하면서 소위 「신사(紳士)」라 불리는 계급으로 성장하게 되었다.

이들의 자제들은 거의가 각 로의 수부(首府)에 설치

된 예비학교, 즉 예교에서 공부를 했고, 그중 적지 않은 숫자가 성경왕립대학에 진학해 관료층으로의 진입을 노리게 된다.

요동국의 수립과 함께 시작된 요동왕 김윤의 치세하에서 요동내전과 서북변란 등의 혼란기에 무너진 기존 질서를 대체해 이러한 금권계층(金權階層)이 등장하게 되었고, 요동에서 갈수록 자본의 중요성은 증대되기 시작한 것이다.

극동의 상공업 중심지는 내지에서 점차 근대적인 자본이 등장하기 시작한 요동으로 옮겨지기 시작했던 것이다.

제59장
영주지동(瀛洲之東)

大韓帝國
年代記

「백 년 전만 하더라도 평화롭기 그지없고 세상의 다른 곳으로부터 은폐되어 있던 이 대륙은, 이제 모든 인종과 모든 문명의 각축장이 되었다.

처음으로 아메리카의 동쪽 해안에서 서쪽 해안까지 횡단하는 데 성공한—이보다 몇 해 전에 서해안에서 동해안으로의 횡단은 엔치나(Encina, 영주)의 테쿤츠(Tekunz, 대곡) 백작이 달성했다. 횡단 자체로만 놓고 보면 보아허르트는 두 번째이다.—네덜란드의 탐험가 판 던 보아허르트(H. M. van den Bogaert)는 그의 여행기에서 그가 3년 반 동안 마주쳤던 민족들의 이름을 나열하고 있다.

　동쪽 해안가에 난립한 네덜란드인, 영국인, 프랑스인, 스웨덴인, 스코틀랜드인들의 정착지로부터 시작해 호안가에 면한 모호크인과 휴런인들의 영토를 종단해…… 강성한 나라를 일으킨 만주인들의 넓은 토지를 지나 높고 험한 산맥을 넘어서면 대륙의 서부에서 가장 비옥한 땅을 일구어낸 한국인들의 영토에까지 도달하게 된다.

　판 던 보아허르트는 그의 위대한 탐험해서 들은 언어의 숫자가 78개에 달한다고 적고 있다. 그중 32개는 백 수십 년 전에는 이 땅에서는 한 번도 말해진 적이 없는 바다를 건너온 사람들의 말이었다.」

—헤르만 폰 아우트리츠, 《신대륙 풍물지》,
(함부르크:1650)

　1628년 맹동(孟冬)

　후금국(Amaga Aisin Gurun) 천경(天京, Abkai—Gemun).

1628년의 한해가 저물어가고 있었다. 여느 해와 다를 것 없는 해였으나, 유난히 서늘했던 여름은 일찍 물러가고, 가을이 길었다.

그러나 춥고 혹독한 겨울을 대비해야 하는 만주족의 이주민들은 포근한 가을을 그다지 즐길 수 없었다.

누르하치가 여진족 이주민들을 대동하고 신대륙으로 건너온 지도 어느덧 십수 년의 세월이 흘렀다.

그 사이 누르하치의 깃발 아래 신대륙으로 넘어온 여진족의 숫자는 물경 이십만을 훌쩍 넘어서 삼십만에 가까웠다.

그중 일부는 누르하치가 아직 요동의 폐주 금녕군과 아귀다툼을 하던 때에 넘어온 이들이었고, 또 다른 일부는 최근에 와서야 신대륙에 기회가 많다는 소식을 접하고 뒤늦게 옮겨오기로 결심한 이들이었다.

시기나 이유야 어찌 되었든 북해와 요동에 넓게 퍼져 살던 여진족들은 영주로 건너갈 충분한 사정이 있었다.

표면적으로는 요동의 내전이 결정적이었으나, 실상 소빙기가 찾아옴에 따라 북방의 한지(寒地)에 터전을 꾸리고 있던 여진족들의 생계는 갈수록 곤란해져 가고 있었다.

더군다나 모피 수렵의 엽사로 활동하는 것조차, 갈수록 모피 무역이 대규모 상단에 의한 조직적인 규모로 발전해 감에 따라 그들은 설 자리를 잃게 되었다.

누르하치가 영주로 건너갈 결심을 했을 무렵 북해와 요동, 혹은 함경도 일대에 흩어져 있던 여진족의 인구는 도합 40만에 불과했다.

제국에 복속하지 않고 경계 지대에서 약탈과 수렵으로 생계를 잇던 해서여진 일부와 야인여진을 포함한다 하더라도 그 숫자는 60만을 넘지 않았을 터였다.

그중에 절반에 가까운 숫자가 지난 30여 년간 영주로 건너온 것이었다.

그간 함주부나 영안부에서 출항해 영주도독부로 향하는 북방 항로의 선편에는 여진인들이 가득 차 있었다.

개중 일부는 풍랑을 만나 목숨을 잃기도 하고, 혹은 괴혈병을 비롯한 오랜 선상 생활에 수반되는 각종 질병을 앓아 도착하자마자 숨을 거두기도 했으나, 대개는 희망 하나로 마음을 부여잡고 바다를 건너왔다.

대양을 건너는 배는 크기가 작다고는 할 수 없었으나, 보통 100명 전후의 인원으로 항해를 했었다. 그러나 이 시기를 전후해 이 교관선들은 보통 300명의 승객을 태우기 일쑤가 되었고, 그중 대부분이 여진인들이었다.

매년 수천 명가량 꾸준히 건너온 여진인들은 제각기 영주에 짐을 풀고 누르하치의 휘하로 모여들었다.

일부는 누르하치의 아래에 들어가기를 거절하고 남쪽으로 내려가 넓은 개활지(開豁地)를 직접 개척하러 가기도 했다. 그러나 대부분의 여진인들은 누르하치를 중심으로 단단히 뭉쳐 들었는데, 그것은 이들이 영주에 건너와서도 소수자에 불과했기 때문이었다.

창주공 해성군 김주현이 신대륙에 처음으로 발을 디디고, 황제의 명으로 영주도독부가 설치된 지도 꽤 많은 세월이 흘렀다.

그동안 긴 해안선의 여기저기에 매우 작은 규모로 형성되었던 정착촌은 제각기 뻗어나가기 시작했고, 도로가 닦이고, 성곽이 축조되었다.

영주의 개척이 시작된 지도 물경 140여 년을 바라보는 지금은 영주의 인구가 80만으로 불어나 있었다.

이들은 기존의 해안가에 있던 원주민들을 몰아내며 확장을 거듭했고, 특히 남쪽 해안의 온화한 지역에는 대규모 농업이 번성하게 되었다.

먼저 이 땅을 차지하고 있던 선주민들을 대개의 경우 비타협적으로 몰아낸 결과였고, 남의 피를 흘리게 해서 자기 땅을 기름지게 하는 것에 다름 아니었다.

그럼에도 불구하고 이러한 행위는 지난 백여 년간 영주 곳곳에서 자행되어 왔는데, 면역이 없는 구대륙의 질병에 의해 희생된 원주민 숫자에 버금가게, 원래 살던 땅에서 쫓겨나 죽음으로 내몰린 원주민 숫자도 적지 않았다.

아라곤의 상인들이 칼리포르니아(California)라 이름 붙인 반도와 그 북쪽의 해안에는, 영주도독부에서 설치한 남해도(南海道)와 정안도(靜安道)의 두 도가 있었다.

1500년대 후반부터 하나둘씩 설치되기 시작한 영주도독부의 도(道)들은 이즘에 이르러서는 가장 북쪽의 연양도(沿洋道)에서 가장 남쪽의 남해도에 이르기까지 총 7도가 설치되어 있었다.

그중에서도 넓고 비옥한 분지와 따뜻한 기후를 가진 정안도는 그야말로 곡창지대였고, 일찌감치 이곳으로 이주해 들어오기 시작한 이들은 모피 수렵을 포기하고 농경에 종사하기 시작했다.

이곳은 영주의 다른 지역과는 다르게 쌀을 생산하기에도 적합한 기후와 토질을 가지고 있었고, 빈 땅이 천지에 널려 있다 보니 사람들이 앞다투어 건너와 자리를 잡았다.

이렇게 형성된 대농장들에는, 원주민들이 매우 헐은 품삯을 받고 노예에 준하는 가혹한 대우를 받으며 경작 농업에 동원되었다.

이들은 갈수록 숫자가 늘어나고 있는 영주군에 의해 땅에서 내몰리거나 혹은 저항하다가 사로잡히기 일쑤였고, 그 결과 자유를 잃고 영주군과 매우 밀접하게 결탁하고 있는 조선인, 혹은 진서·유구인의 대농장에서 착취당하기 일쑤였다.

이렇게 이주민 대지주들은 손쉽게 대량으로 쌀을 비롯한 곡물들을 생산해 멀리는 바다를 건너 식량이 귀한 요동과 같은 지역으로 수출했고, 가깝게는 농업에 그다지 적합하지 않고 모피 수렵이나 목축에 의존하는 창주부 같은 영주도독부의 북쪽 지역에 팔았다.

문제는 여진인들이 영주에 들어왔을 때는, 쓸 만한 땅은 이런 기존 이민자들의 손에 다 넘어가 있어서 사실상 별 볼일 없는 토지만을 손에 쥘 수밖에 없었다는 데에 있었다.

그중 적지 않은 숫자가 빚만 잔뜩 지고 스스로 대지주에게 노동력을 팔아 원주민들과 같이 노동하며 혹사당하는 지경이었다.

누르하치는 영주에 건너왔을 때, 이곳에 정착하는 것이 그다지 녹록하지 않다는 것을 직감했다.

해안 지대는 이미 무주공산이 없는 것이나 마찬가지였고, 이곳에서도 이미 기득권을 쥐고 있는 대지주들이 강력한 연합 관계를 형성하고 영주도독부 및 창주공가(蒼州公家)와 같은 개척 1세대의 귀족 집안과 결탁하여 자신들에게 유리한 정책을 펴고 있었기 때문이다.

이들에게 새롭게 건너온 여진족들은 그저 싼값에 부릴 수 있는 노동력에 불과했고, 누르하치의 존재는 거슬리기 짝이 없는 것이었다.

"내 정말 도와드리고 싶소만, 알다시피 북쪽에는 일찌감치 정착한 이들이 모피 무역이나 목축업에 견고한 지분을 가지고 있고, 남쪽에는 쓸 만한 토지를 모두 대지주들이 차지해 남는 땅이 없으니, 손을 써줄 수 있는 것이 많지 않구려."

누르하치는 영주로 건너온 지 얼마 되지 않아, 도움을 얻고자 창주공 김면(金沔)을 찾아갔었다.

사실상 본토에서 부임해 와 3년가량 임기만 채우고 돌아가는 영주대도독보다도, 영주를 개척한 초대 창주공 김주현의 증손자이자, 황제로 받은 특권이 막대한 김면이 영주도독부를 움직이는 중심이었기 때문이다.

그러나 김면은 여진인들이 자꾸 도래해 오는 것이 곤란스럽다는 눈치였다.

오는 것이 그렇게 반갑지도 않은데, 누르하치의 도움을 달라는 요청이 달갑지 않다는 소리였다.

누르하치는 실망하지 않을 수 없었다. 기껏 희망을 품고 만리창파를 건너왔다. 초기에 건너온 여진인들은 일부 좋은 정착지를 손에 넣고 자리 잡을 수 있었지만, 대부분은 헐값에 노동력을 제공하는 임금 노동자가 되거나, 아무도 가지 않는 동쪽의 광막한 사막지대에 가까운 척박한 토지로 밀려나고 있었다.

"일을 쉽게 생각한 것이 실수였다. 여기서도 우리는 천덕꾸러기가 되었구나."

누르하치의 한숨은 날이 갈수록 깊어졌다.

그를 따르는 막료들도 힘이 빠지기는 마찬가지였다.

영주로 건너와서 그렇게 두어 달이 지나가고 있을 때, 아들 홍타이지가 누르하치를 찾아와 단호한 표정으로 입을 열었다.

"아버님. 대간을 넘어 동쪽으로 가는 것이 어떨까 합니다. 일찌감치 영주로 건너온 여진인들 중, 모피 수렵에 종사해 동쪽 산맥 너머를 드나들던 사람들이 산맥 너머에 드넓은 목초지가 풍성하다고 말해주었습니다. 그곳은 영주도독부의 권한도 닿지 않는 곳이니, 일족을 이끌고 산을 넘어가 정착하는 것이 어떨까 합니다."

홍타이지는 이미 결심을 굳힌 듯, 누르하치를 강하게 설득하기 시작했다.

해안에서 몇 백 리를 들어가면 거대한 첩산(疊山)이 펼쳐져 있었고, 영주 사람들은 이 높고 험준한 산맥을 동령대간(東嶺大幹, 실제 역사에서의 로키산맥)이라 불렀다.

동령(東嶺)이란 이름은, 이 험준한 산맥에서도 그나마 사람이 건너갈 만한 고개에 붙은 이름이었다.

이 구불구불한 산로(山路)를 따라 모피 수렵꾼들이 철마다 드물게 산을 넘어가곤 했다.

이 동령을 넘어서면, 인적이 드물고 광활한 대평원이

펼쳐지는데, 동쪽으로 갈수록 숲이 드물어지기에 수렵꾼들은 멀리 나아가지는 않았다.

그러나 이미 그 동쪽의 드넓은 땅의 존재는 익히 알려져 있었고, 홍타이지는 그곳을 눈독에 들인 것이었다.

영주도독부의 북쪽은 동령대간에 의해 경계가 지어져 있었고, 남쪽은 남동쪽에 자리한 거대한 남막(南漠)이라 불리는 사막지대에 의해 가로막혀 있었다.

만약 동령대간을 넘어서서 그 동쪽의 땅을 개척해 나간다면, 사실상 누르하치와 여진족들은 간섭 없이 독립된 생활을 영유하는 것이 가능했다.

"지금으로서는 네 말이 가장 귀에 들어오는구나. 홍타이지, 네가 먼저 일부를 이끌고 동령을 건너가 보도록 하여라. 겨울이 오기 전에 일찌감치 건너가 자리를 잡아야 할 것이다. 나는 그동안 남은 이들을 먹이고 있을 방법을 궁리해 봐야겠다."

누르하치는 홍타이지에게 수백의 장정을 딸려 동령대간의 너머로 보냈다.

남은 여진족 이민자들 또한 그들이 전해오는 소식을 듣기 전에 입에 풀칠은 해야 했기에, 누르하치는 그동안 창주공을 비롯한 영주의 유지들에게 식량을 구걸할 수밖에 없었다.

비참함과 분노를 느꼈지만, 누르하치는 좀 더 마음을 다스리고 버티기로 했다. 내전에서 패해 매우 절망스러운 심정이 되었을 때, 누르하치를 찾아왔던 라마교 수도승은 말했었다.

"제자들이 문수보살께 부처의 세계에는 어떻게 들어갈 수 있는지 물었습니다. 문수보살께서는 대답하시길, 여래의 세계는 깊고 광대하여 오로지 부처님만의 세계라고 가르치시며, 그 지혜는 과거와 현재와 미래를 한데 묶어 지나가기에, 부처의 세계는 과거의 업도 없고, 현재의 번뇌도 없고, 미래의 적멸도 없는 곳이라고 말씀하셨습니다. 처사님의 마음도 이와 같습니다. 인간은 세상에서 온갖 번뇌와 고통을 겪게 마련인데, 이는 과거에도 있어 왔고 미래에도 있을 것입니다. 한 번의 정념에 휩쓸려 스스로를 괴롭히면 그 자신만을 갉아 먹는 것일 뿐입니다. 깨달음을 얻어 열반에 이르기까지는 모두가 고통스러움의 연속이니, 지금이라고 유난히 힘든 것이 아니오, 스스로 행복하다고 여길 때조차 고통은 곁에 있을 것입니다."

누르하치는 그 말을 듣고 눈물을 흘렸었다. 그때 가진 신념이 아직 자신의 마음속에 머물고 있었다.

이 모든 것이 삶에 당연히 따라오는 고통의 연속일 뿐이라고. 유난히 힘들어할 이유가 없다고. 그러하니 묵묵히 깨달음을 얻을 때까지 행(行)하리라고.

누르하치는 그래서 분노하지도 않고, 안달을 내지도 않았다.

그는 말없이 동요하는 여진족들을 달래며 홍타이지가 좋은 소식을 가지고 오기만을 기다렸다.

겨울이 지나고, 새해가 밝았다. 봄이 되어 길이 열리자 홍타이지는 밝은 모습으로 돌아와 아버지 누르하치를 껴안았다.

"초지는 넓고, 짐승은 많습니다. 겨울이 매섭기는 하나, 그 추위가 우리 고향땅과 같으니 금방 적응할 수 있을 것입니다. 그곳에서 말과 소는 금방 자라날 것이고, 백 리 천 리를 나아가도 인적이 매우 드무니 빈 땅이나 다름없습니다."

홍타이지의 말에 누르하치는 고개를 끄덕였다.

이미 먼 바다를 건너온 이들이었다. 험하다고는 하나 산맥을 넘는 것은 일도 아니었다.

봄이 끝나기 전에 많은 여진족들이 동령을 넘어갔다. 누르하치도 그 행렬의 가운데에 있었다.

영주대도독과 창주공 김면은 동령 너머에서 누르하치가 넓힌 땅만큼 모두 누르하치의 것으로 삼을 수 있도록 인가해 주었다. 그리고 앞으로 도착하게 될 여진족들이 안전하게 동령을 넘어갈 수 있도록 돌봐주는 대가로 5년 뒤부터 누르하치가 도독부에 세폐(歲幣)를 내기로 약정을 맺었다.

그들은 사실상 험준한 동령대간 너머의 토지에는 관심이 없었다. 농사를 짓기에도 적합하지 않고, 겨울은 지나치게 춥다고 생각하고 있었던 것이다.

그곳을 누르하치가 어떻게 하든, 사실 그들에게는 전혀 중요한 문제가 아니었다. 오히려 갈수록 숫자가 불어 영주의 질서를 흔들 우려가 있는 여진족들이 알아서 동령 너머로 사라져 준다면, 오히려 쌍수를 들고 반길 일이었다.

그렇게 여진족들은 누르하치를 따라 동령 너머로 하나둘씩 건너갔다.

그 전후로 영주에 건너왔던 여진족 30만여 명 중 총 24만이 동령의 너머로 건너갔다.

건너가지 않은 이들은 제각기 영주의 기존 사회에 흡수되어 살아가게 되었다.

매우 적은 숫자의 여진인들은 어렵게 자리 잡아 상인 혹은 지주로 성공하기도 했고, 반대로 극단적인 경우는 대농장에서 원주민들과 함께 착취당하며 노예나 다름없이 살아가기도 했다.

대부분은 어렵게 구한 손바닥만 한 농장과 목장에서 자급자족하는 생활을 살아갔다.

그렇게 누르하치를 따라가지 않은 여진인들은 점차 영주의 사회에 동화되어 사라져 갔다.

동령대간의 서쪽, 즉 영주도독부의 관할지에 남지 않은 여진인들은 숫자가 준 대신 단단한 결속력을 얻었다.

그들은 누르하치의 일가에 완전히 고개를 숙이고 복종하고 있었다. 산맥을 넘어가서 누르하치는 휘하의 여진족들을 팔기(八旗)로 나누었다.

드넓은 목초지에 들어선 팔기는 제각기 남북으로 흩어져 자리를 잡았다.

바다를 건너온 말의 숫자는 사람의 숫자에 반의반도 되지 않았고, 소와 양의 숫자는 그보다 적었다. 때문에 이들은 당분간 패물을 팔아가며 산맥 너머 영주에서 식량을 사오고, 수렵을 하고, 필사적으로 말과 소의 새끼를 불리는 혹독한 생활을 겪어야 했다.

그러나 5년이 지나지 않아 이들의 생활은 점차 안정되어 가기 시작했다.

다행히 그 2년간 기후는 좋았고, 땅은 넓고 풀은 많아 가축의 숫자는 재빨리 불어 나갔다.

여진인들은 이 땅 위에서 그들만의 천국을 찾는데 성공한 것이었다.

1625년, 누르하치가 바다를 건너고 동령을 넘어온 지도 십여 년이 흘러, 새로운 정착지에서의 여진족 사회가 안정된 것을 확신한 누르하치는 다시 한 걸음을 내딛기로 결심했다.

이 땅 위에 여진족을 위한 나라를 세우기로 작정한 것이었다.

그는 우선 팔기의 제신(諸臣)들을 불러 모아 「니오얀기완 탈라(niowanggiyan tala, 綠野)」의 회합을 열었다.

푸른 들판이라는 뜻의 니오얀기완 탈라라는 지명은 누르하치 자신이 직접 붙인 것으로, 처음으로 팔기가 사방으로 흩어진 곳이었다.

"나는 이곳에 우리만의 나라를 세우고자 한다. 앞으로 여진이라는 이름을 버리고 우리 스스로를 만주라 부를 것이며, 옛 조상들의 위대한 나라였던 아이신 구룬을 이어받아 아마가 아이신 구룬이라 이름을 할 것이다. 이에 나는 그대들의 추대를 받아 칸의 자리에 올라 천지에 제사를 올리고자 한다."

누르하치의 천명에 팔기의 수장들은 예를 갖추어 그 뜻을 따를 것을 맹세했다.

만주라는 족명(族名)은 누르하치가 마음 깊이 따르는 문수보살(文殊菩薩)에서 따온 것이다.

문수보살의 문수를 여진어로 만주(manju)라 읽기 때문이었다.

나라 이름인 「아마가 아이신 구룬」은, 말 그대로 후금국(後金國)이라는 뜻이었다.

송나라를 남쪽으로 패퇴시키고 중국의 북부에서 원나라가 등장할 때까지 전성을 구가했던 여진족의 옛 나라인 금나라(Aisin Gurun, 大金國)을 이어받을 것을 천명한 것이다.

형식상 누르하치는 밀접한 연관을 맺을 수밖에 없는

영주도독부에 세폐를 지불하는 것은 당분간 계속하기로
했지만, 바다 저 너머의 황성부 황제에 대한 충성은 더
이상 말하지 않았다.

누르하치도, 만주인들도, 모두 이곳에 세워진 그들만
의 독립된 조국을 간섭할 수 있는 자는 아무도 없다는
사실을 잘 알고 있었다.

이렇게 영주의 동쪽, 북아메리카의 대평원 저 너머에
만주족의 나라 후금(後金)이 세워지게 되었다.

풍진 삶을 견뎌내고, 결국 태어난 곳의 천만 리 바다
바깥에서 칸의 자리에 오른 누르하치는, 후금이 건국되
고 칸의 자리에 오른 지 세 해만에 지병으로 목숨을 잃
었다.

만주 팔기의 모든 백성들이 추모하는 가운데, 그의
장례는 새롭게 후금국의 도읍으로 정해진 「압카이거문
(Abkai—Gemun, 天京)」에서 멀지 않은 들판 위에
서 치러졌다.

유난히 바람이 모질게 부는 스산한 날이었다.

1629년
태정(太禎) 41년 중춘(仲春)

대한제국 영주도독부 곡양도(谷陽道) 대곡부(大谷府).

누르하치의 후금국의 건국은 본토에서는 그다지 화젯거리가 되지 못했다.

뒤늦게 소식을 들은 태정제가 누르하치에게 「동령금국국주(東嶺金國國主)」라는 칭호를 내려주었으나, 사실 이것은 누르하치가 청한 것이 아니었다.

그러나 태정제는 이 칭호를 자신의 신하였던 누르하치에게 줌으로 인해서, 머나먼 바다 바깥에서 황은(皇恩)을 입은 영토가 더 늘어났다는 식으로 치적을 부풀릴 수 있었다.

황제의 명을 받고 영주로 보내진 칙사는 황제가 내린 금인(金印)을 지니고 동령을 넘어 후금의 도읍 압카이거문에 들어갔으나, 이미 누르하치는 죽고 그 아들 홍타이지가 대칸의 자리에 오른 뒤였다.

홍타이지는 시큰둥한 반응으로 칙사를 맞이하고, 금인을 수령하기는 했으나 조공을 약속하지는 않았다.

천만 리 바깥의 황제는 이제 더 이상 홍타이지의 관심사가 아니었다.

제국의 내지와 후금국이 느끼는 이러한 거리감과 다르게, 바로 지척에서 후금국과 마주하게 된 영주도독부는 좀 더 진지하게 후금국에 촉각을 곤두세웠다.

사실 대부분의 영주도독부 백성들은 동령 바깥의 광막한 초원지대에 대해서 그다지 흥미도 없고 관심도 없었다. 그것은 영주도독부를 이끌고 있는 영주의 귀족 가문과 대지주들도 마찬가지였다.

때문에 누르하치에게 동령을 넘어가서 원하는 대로 땅을 넓히라고 부추겼던 것이다.

그러나 여진인들이 넓은 초지에 흩어져 유목생활로 돌아가는 것과 그들이 나라를 세우고 하나의 정치 세력으로 등장한 것은 문제가 달랐다.

처음으로 영주도독부와 경계를 접한 국가라고 부를 수 있는 정치 집단이 등장한 것이었다.

이 사실만으로도 영주도독부의 위정자들에게 경계심을 불러일으키는 충분한 것이었다.

심지어 후금국에서 들어오는 세폐를 받지 않고, 충돌을 불사하더라도 영주를 거쳐 후금으로 들어가는 여진족 이민을 금지시켜야 한다는 주장이 나왔을 정도였다.

아직까지는 후금 문제에 대해 조심스럽게 접근하는

것이 도독부의 입장이었으나, 이것은 향후의 양자 관계가 어떻게 전개되느냐에 따라서 언제고 급격하게 선회될 가능성이 있었다.

위와 같은 정치적인 문제를 제외하고, 후금의 건국이 영주에 미친 영향은 바로 관심 밖에 있던 동령 너머의 광활한 대륙에 대한 관심이 미미하게나마 일어나기 시작했다는 것이었다.

영주도독부의 산업 근간은 크게 북부의 목축업과 모피 무역, 남부의 농업, 그리고 해안 지대의 항구들을 중심으로 활성화된 중계무역이었다.

영주에서 생산된 농산품과 모피는 남쪽의 대정부나 북쪽의 창주부로 옮겨져 함상(咸商)과 내상(萊商)에 의해 본토로 실려 나갔다.

이러한 무역로는 영주에서 생산된 물건만 수송하는 것이 아니라, 남쪽의 멕시카(Mexica, 아즈텍)와 타완틴수유(Tawantinsuyu, 잉카) 등에서 생산된 은·구리·유황·담배 등을 실어 나가는 주요 경로이기도 했다.

타완틴수유의 리마(Lima, 利馬)항이나 멕시카의 악사야카틀란(Axayacatlan)항구에서 선적되어진 이런 물건은 창주부나 대정부에서 함상과 내각에서 매각되어 아시아로 흘러들어 가는 것이었다.

이 무역로에는 조선계의 상인들뿐만 아니라, 악사야 카틀란에서 출항해 필리핀 마닐라로 가는 카스티야 상인들도 이용하고 있었고, 이들을 영주의 주요 무역항에서 보는 것은 어렵지 않은 일이었다.

영주도독부의 경제 근간이 바로 이러한 대창해(태평양) 무역로에 의존하고 있었기에 자연스럽게 영주인들의 관심은 동쪽보다는 영주—멕시카—타완틴수유로 이어지는 대륙의 남북축에 기울어 있었고, 이 항로를 유지하고 영주의 남쪽에서 식민지를 경영하는 카스티야나 아라곤과 밀접한 관계를 유지하는 데 모든 외교적 노력이 기울어져 있었다.

반면에 영주의 동쪽 지역에 관해서는 많은 요동인들이 회의적으로 보고 있었다.

그렇잖아도 요동이 북륙에서 수렵한 모피를 대량으로 내놓고, 연합왕국의 일원인 프랑스의 식민지가 북아메리카의 동부에 건설되어 이들이 모피 무역에 전념함에 따라, 영주의 모피 생산은 격감하고 수익률도 저조해지고 있었다.

때문에 모피를 얻기 위해 동쪽으로 나가려는 의지는 갈수록 저하되고 있었고, 동령대간 너머를 사람이 갈 만한 곳으로 여기지도 않는 풍조가 만연해 있었다.

그러나 후금국의 건국은 사람들의 인식 자체를 뒤흔들어 놓지 않을 수 없었다.

갑작스럽게 광활하고 야만적인 땅으로만 보고 있던 동령대간의 동쪽에 무시할 수 없는 세력이 등장했다는 것은, 곧 영주인들에게 그간 인식에 없었던 동쪽 지역에 대해 한 번쯤 생각해 보지 않을 수 없게 만들었던 것이다.

더군다나 간간이 대륙의 반대편 끝에 서유럽과 북유럽의 여러 나라에서 개척자들이 건너와 식민지를 개척하고 있다는 소식은 그저 흘려들을 만한 이야기는 아니었다.

원주민 부족들이 군거(群居)하고 있는 넓고 척박한 대지라는 대륙의 동쪽에 대한 막연한 인식이, 여러 정치 세력들이 경쟁하기 시작하는 거대한 무대의 등장이라는 위기감과 연결되기 시작했던 것이다.

이 와중에 새로운 영주대도독으로 이수광(二晬光)이 부임해 왔다.

나이가 환갑을 넘은 이 늙은 학자 출신의 관료는, 영주로의 발령을 자청했다.

외부대신까지 지낸 그가 영주대도독으로 오는 것은 사실 영전(榮轉)이라기 보다는 좌강(左降, 직급이 낮춰짐)이었다.

하지만 불명예가 될 수도 있는 인사임에도 불구하고 이수광이 태정제에게 영주로 가기를 청한 이유는 뚜렷했다.

외부대신들을 지내오며 뚜렷한 국제적 안목을 지니게 된 이수광은, 황성부 조정에서 유일하게 후금국 문제에 큰 관심을 기울이는 사람이었다.

황제에게 무리해서라도 누르하치에게 봉작(封爵)을 내리라고 주청한 것도 그였다. 후금이 완전히 대한제국에게서 떨어져 나간 것이 아니라고 주장할 근거를 마련해 놓는 것이 필요하다는 이유에서였다.

그는 또한 요동국의 수립에 직면하여, 언제고 북해·진서·영주 등도 그러한 전철을 밟게 될 가능성이 농후하다는 사실을 간파했다.

이들 외지(外地)의 내지(內地)에 대한 자율성과 자립 경향은 그간 늘어났으면 늘어났지 절대 줄어들지 않고 있었다.

이러한 가운데 이수광은 가장 멀리 떨어져 있는 영주
도독부에 주목을 하게 되었고, 때마침 후금 문제가 맞
물리면서 직접 이 상황을 살피고자 영주대도독을 자청
해 온 것이었다.

"대대로 대도독은 황제의 칙지를 가지고 와 영주의
충성을 확인하는 것이 그 주관으로, 내정의 실무는 그
간 우리 귀족들에게 맡겨져 왔었소. 그런데 갑작스레
영주도독부의 전반을 직접 관장하시겠다니요?"

이수광은 늙은 몸에도 불구하고 의욕에 차서 영주로
부임해 왔으나, 그의 적극적인 태도는 즉각적으로 영주
토호들의 반발을 불러일으켰다.

그 선봉에 선 것이 사실상 영주의 통치자나 다름없는
창주공 김면이었다.

누르하치를 동령 너머로 보내주는 바람에 후금국의
건국을 초래했다는 소리 없는 비난을 의식하고 있던 그
는, 이수광에게까지 치여서 권력의 몰락을 초래하길 원
하지 않았다.

그는 때문에 직설적으로 이수광에게 역대의 대도독들
처럼 조용히 임기를 채우고 다시 바다 건너 돌아가라고

요구해 왔던 것이다.

그러나 이수광 또한 만만한 사람은 아니었다.

"내가 직접 황제의 칙령을 받들어 이곳 만 리 밖 영주에 대도독으로 부임해 왔는데, 창주공께서는 도대체 무슨 연유로 황제께서 내리신 칙지를 거부하고 대도독의 권한을 부정하려 하십니까? 내가 보기에 영주는 지금 어떤 방향으로 가느냐에 따라서 앞으로 100년이 좌우될 중요한 국면을 맞이하고 있어요. 그런데 그저 예전에 해온 대로 앞으로도 계속하시겠단 말씀입니까?"

몇 달간의 실랑이 끝에, 결국 대도독 이수광과 창주공 김면은 서로의 의견을 절충한 타협책을 내어놓았다.

바로 도독부에 「척식평의회(拓植評議會)」를 창설하여, 이곳에서 합의된 안건에서만 정책으로 추진하도록 하자는 것이다.

의장은 1년씩 대도독과 창주공이 번갈아 하기로 하고, 그 구성원은 총 100인으로 도독부의 고위 관료, 영주 7도의 각도 감사(監司), 작위를 지닌 귀족, 그리고 충분히 척식평의회에 참여할 자격이 있다고 판단되는 대지주와 상인 등의 유지 및 학자로 결정되었다.

소위 「백인평의회」라고도 불리게 될 이 평의회에서

처음 심의된 안건은, 바로 다른 것이 아니라 이수광의 강력한 주장으로 상정된 동부로 탐측대를 파견하는 문제였다.

"영주는 그 자체로도 넓고, 또한 거대한 대륙의 서쪽에 붙어 있으나, 사실상 섬이나 마찬가지였소. 아시다시피 북동쪽에는 동령대간, 남동쪽에는 남막의 광활한 사막이 영주를 고립시키고, 모든 무역 활동이 해안을 따라 남쪽으로만 이루어져 왔소. 그러나 이제 더 이상 영주는 유일하게 밝고 문명화된 땅이 아니게 되었소이다. 동쪽으로 북해에서 건너온 여진인들이 나라를 세우고, 거기서 더 동쪽으로 가면 서양인들이 제각기 식민지를 척지하는 일에 열을 올리고 있소. 우리는 변화하는 이 분위기를 받아들이는 데서 그치지 않고, 적극적으로 동방 문제에 팔을 걷어붙이고 나설 필요가 있소. 그 시작은, 바로 정확히 대륙의 동부에 대해 광범위한 탐사와 교류를 실시하는 것이 될 것이오."

이수광의 말에 딱히 반대하는 이는 없었다. 세금을 더 내라는 것도 아니었고, 이수광 자신의 권한을 확대하겠다는 것도 아니었다. 오히려 이 동부 문제에 대해서는 점차 관심이 고조되고 있었던 탓에, 평의회의 의원들은 이수광의 안건에 쉽게 동의했다.

창주공 김면 또한 이 문제에 대해서는 반대하지 않았는데, 이수광의 발언에 동의하는 바가 적잖았기 때문이었다.

더군다나 이들이 지니고 있는 위기감의 이면에는 새로운 기회를 찾고자 하는 탐욕스러운 동기 또한 있었다.

바로 동부에 등장하기 시작한 나라와 식민지들은 곧 시장의 확대와 돈을 벌 기회를 의미하는 것이기도 했기 때문이다.

그렇잖아도 적잖은 식량이 벌써 후금국으로 팔려 나가고 있었다. 적어도 아직까지는 후금과의 무역 관계에서 영주가 손해를 보고 있지는 않았다.

이 기회를 잘 살린다면 그저 손해를 보지 않는 것이 아니라, 돈을 벌 기회로 만들 수 있다는 의미이기도 했다.

이 문제를 정확히 판단하기 위해, 돈이 많고 권력 있는 평의회 의원들이 탐사대를 보내길 주저할 이유는 없었다. 그들이 가져온 정보가, 곧 그들에게 투자의 기회를 만들어줄 터였다.

적절한 탐사대를 구성하는 문제를 놓고, 백인평의회의 의원들은 잠시 논쟁을 벌였으나, 결국 그 탐사대장으로 대곡백(大谷伯) 윤회행(尹會幸)의 둘째 아들인 윤양일 (尹揚一)을 선임하는 데 동의했다.

지도 제작자·본초학자·통역관 및 모피 수렵으로 잔뼈가 굵은 원주민 출신의 길잡이까지 총 80여 명으로 구성된 탐사대가 이듬해 봄에 바로 구성되었고, 사람들의 관심 속에 곡양도 대곡군에서 출발했다.

남동쪽으로 향해 사막과 면한 곳에 건설된 동강도 적산군(赤山郡)에서 공식적으로 마지막 보급을 받고 출정하여, 사막지대의 북쪽을 돌아 산맥을 넘어 동쪽으로 건너가는 것이 예정된 경로였다.

그 목표는 대륙의 동쪽 바다 끝으로 갔다가 돌아오는 것이었으니, 적게 잡아도 일이 년은 훌쩍 넘어갈 대장정이었다.

1631년 맹춘(孟春)

하우데노사우니(Haudenosaunee, 이로쿼이 연맹).

동령대간의 남쪽, 황무지와 마주한 곳의 적산군(赤山郡)에서 출발한 윤양일의 탐사대가 미답지(未踏地)로 들어서 동부해안을 향해 나아간 지도 어느덧 1년이 훌쩍 넘는 시간이 흘렀다.

탐험대의 여정은 처음부터 순탄하지 못했다. 그들은 우선 남막(南漠)의 거대한 사막지대를 북동쪽으로 거슬러 올라 초원지대로 나가는 계획을 세웠다.

영주에서 멕시카로 가는 무역로가 이 황량한 사막의 외곽을 따라 이미 오래전부터 형성되어 있었지만, 사막의 중심부를 횡단한 사람은 이제껏 없었다.

그만큼 그 계획은 무모한 동시에 예측 불가능한 행로를 예견하는 것이기도 했다.

이러한 우려를 탐사대원들도 충분히 하고 있었지만, 안전한 행로만을 고집하는 것은 탐험대의 목적에 부합하지 않는다는 데에 대원들은 합의하고 있었다.

그간 영주에서 무관심에 묻혀 있었던 대륙의 심장부를 낱낱이 살펴야 한다는 의무감이 있었기 때문이다.

특히 동령대간을 넘어가는 산로(山路)가 혹여 후금에 의해 차단될 경우에 대비해 남쪽의 사막지대를 통해 육로로 접근할 수 있는 가능성을 탐지할 필요도 있었다.

그러나 목적이 분명했고, 방향도 뚜렷했으나, 그 과정은 쉽다고는 도저히 말할 수 없었다.

애초에 열흘 정도면 북쪽으로 횡단이 가능하다고 판단했던 사막지대는 가혹하기 짝이 없었다. 남막, 예전에는 동막이라고도 불렸던 이 황량한 광야는, 구대륙에서 볼 수 있는 것과 같은 모래사막은 아니었으나, 불모지라는 면에서는 전혀 차이가 없었다.

딱딱하게 굳은 대지 위로 어쩌다가 보이는 선인장을 제외하고는 생명의 흔적조차 찾기 힘들었다.

열사의 대지 위로 쪼아 내리는 가혹한 햇빛에, 사람보다 말들이 먼저 죽어 나가기 시작했다.

모자란 수분을 대신하기 위해 말의 피를 마시고, 밤에는 급격히 식어 내리는 사막의 차가운 밤을 견디기위해 죽인 말의 가죽을 몸에 덮고 견뎌내야 했다.

열흘이면 끝나리라 생각했던 남막 횡단은 보름을 훌쩍 넘기기 시작했고, 그때부터 사람들이 한둘씩 쓰러지기 시작했다.

사면초가의 상황에서 그나마 희망이라면, 그들이 북쪽으로 가고 있다는 확신뿐이었다.

사막과 초원이 마주하는 경계 지역이 어렴풋이 다가

오고 있는 것은 확실했다.

그러나 윤양일과 대원들이 한숨을 돌릴 즈음에, 사납기로 소문난 남막의 원주민들이 그들을 습격해 왔다.

무리한 행군에 이미 탈진 상태에 이르러 있던 대원들은, 갑작스러운 기습에 제대로 대응하지 못했다.

이들은 소위 푸에블로(Pueblo)라는 이름으로 카스티야 식민자들에 의해 이미 그 존재가 알려져 있었다.

테하스(Texas, 텍사스)에 식민 개척을 시작한 누에바 카스티야의 정복자들은, 북쪽으로 경계를 넓히고 있었고, 이 과정에서 푸에블로인들과 부딪히게 되었던 것이다.

멕시카와 북아메리카 대륙이 접하는 경계에 넓게 퍼져 살던 푸에블로인들은 거듭되는 카스티야 식민지와의 대립 과정에서 외부인에 대해 극도의 경계심을 품게 되었다. 이러한 상황에서 갑작스런 조선인의 출현은 이들로 하여금 결코 좋은 신호로 받아들여지지 않았던 것이다.

이 예기치 못한 충돌에서, 다행히 가지고 있던 보총의 힘을 빌려 이들을 겨우 격퇴할 수 있었으나, 윤양일의 탐험대가 입은 손실은 만만치 않았다.

이제 80명의 탐험대 중, 살아 있는 사람은 겨우 32명에 불과했고, 말은 한 마리도 남아 있지 않았다.

짐들을 최대한 줄이고, 생존에 필수적인 물품만 챙겨서 생존자들은 사막의 경계 끝으로 향해갔다. 다행히 사흘이 지나지 않아, 물이 있는 초원지대가 그들의 눈앞에 펼쳐졌다.

겨우 목숨을 부지해서 나오긴 했지만, 탐험대장인 윤양일에 대한 대원들의 신뢰는 거의 무너져 있었다.

무리한 탐사로를 잡은 것에 대한 불만과 더불어, 사막에서의 횡단 과정과 푸에블로인들과의 충돌시에 지도력을 충분히 보여주지 못했다는 불신이 대원들 사이에 팽배해 있었다.

윤양일로서는 당혹스럽지 않을 수 없었다. 그는 젊고 의욕에 넘치는 청년이었으나, 집단을 이끄는 일에 서툰 면이 없잖아 있었다.

"내가 그다지 뛰어나지 못한 지도자라는 사실은 인정합니다. 하지만 평의회의 명령을 받아 도독부를 위해 이렇게 떠난 길인 이상 함께 협력해서 탐사를 마치지 않으면 안 됩니다. 질책은 언제든 달게 받겠으니 부디 함께 임무를 끝까지 수행해 주십시오."

초원지대로 들어서 숙영지를 처음으로 꾸린 날, 윤양일은 남은 대원들을 모두 불러 모아 말했다.

윤양일의 말에 수긍하는 대원들도 있고, 그렇지 않은 대원들도 있었다. 그러나 적어도 내분만큼은 잠시 피해 갈 수 있었다.

분란은 어렵사리 봉합되었지만, 탐사는 수월해질 기미를 보이지 않았다.

사막을 빠져나온 탐사대는 북쪽으로 초원지대를 거슬러 올라가 후금국의 영역으로 향했다.

사막에서 말을 모두 잃었기에, 두 발에 의지해서 수천 리를 넘게 걸어야 하는 강행군이었다.

탐사를 더 이상 원하지 않고, 영주로 돌아가고자 하는 이들은 후금국에 도착해 갈라지기로 합의한 뒤에야, 윤양일은 이 고된 여정을 지휘해 나갈 수 있었다.

사막지대를 벗어나서, 가장 남쪽에 있는 만주족의 취락을 만나기까지, 이들은 거의 세 달에 걸쳐 사냥에 의존해 행군을 해야 했다.

이 과정에서 서른두 명의 인원은 다시 서른 명으로 줄었다. 사막에서 이미 병을 얻은 늙은 말잡이 대원이 한 명 죽었고, 멕시카 출신의 아즈텍인으로 남부 원주민들과의 통역인으로 참가했던 페칼이란 이름의 청년은 대열에서 이탈해 어느 날 사라졌다.

이 고된 행군 끝에, 오색 형형한 깃발이 펄럭이는 조그마한 취락이 눈에 들어왔을 때, 탐험대는 주저앉아 눈물을 흘렸다.

영주를 떠난 지 족히 너다섯 달만에 보는 정착촌이었다.

수상한 사람들이 나타났다는 소식에 마을의 청년들이 말을 타고 몰려 나왔다.

이곳은 겨우 서른 명 남짓의 조그만 만주족 부락으로, 개척된 지 얼마 안 되는 곳이었다. 전혀 예상치 못했던 방향에서 사람들이 나타나자 경계심을 갖는 것도 당연했다.

"Ya ba i niyalma?(어디서 온 이들인가?)"

"Solho i niyalma.(조선인이로군.)"

이들은 서로 만주어로 쑥덕대더니, 탐험대원들의 용모나 복색이 눈에 익다는 사실을 눈치챘다.

멀뚱하게 서 있는 윤양일과 대원들에게, 개중 나이가 많아 보이는 장년의 만주족 남성 하나가 다가와서는 능숙한 조선어로 입을 열었다.

"영주 사람들이신가?"

오랜만에 듣는 조선말에 윤양일은 눈물이 날 뻔했다.

그는 그 장년의 남성에게 고개를 세차게 끄덕이며 사정을 말했다.

"우리는 동쪽의 변경을 탐사하기 위해 남쪽의 사막과 평원을 네 달이 넘게 걸어왔소. 여든 명이 출발했는데, 이제 남아 있는 건 고작 서른 명뿐이구려. 말도 없고, 식량도 없소. 부디 우리에게 은혜를 베풀어 후금의 도읍으로 갈 수 있도록 도와주시오."

"우리의 도성으로 갈 셈이었으면, 애초에 동령을 넘어오면 될 텐데 무엇하러 남쪽의 광막하고 황량한 땅을 둘러 오셨소."

"그저 도읍으로 가는 것이 목적이 아니라, 그간 사람들이 다닌 적 없는 대지를 조사해야 할 임무가 있었소. 부디 많은 것을 묻지 말고 우리를 도와주시오."

윤양일의 말에 장년의 남성은 고개를 끄덕이고, 그들을 마을로 안내했다.

만주족들 대부분은 후금의 건국과 함께 팔기로 나뉘어 사방으로 흩어졌었다.

윤양일이 도착한 마을은 팔기 중에서도 가장 남쪽으

로 향한 정남기(正藍旗, gulun lamun i gūsa)에
속해 있었다. 정식 이름도 없고 그저 작은 마을이라는
뜻의 「아지거 호톤 (小城, ajige hoton)」이라 불리
는 취락이었다.

이들은 정남기 중에서도 가장 남쪽의 변경으로 향한
몇 개의 집단 중 하나로, 정착지를 꾸리고 이곳을 중심
으로 목축과 소규모의 농경을 하고 있었다.

사실 윤양일의 탐험대는 이곳에서 그다지 좋은 대접
을 받지는 못했다.

이들이 대부분 어렵사리 영주에 도착했을 때, 그곳의
조선인들이 자신들을 밀어내듯이 동령 밖으로 보낸 사
실을 그들은 잊지 않고 있었다.

요동과 북해에서 생활이 어려워지고 탄압을 받아, 수
천만 리 바다를 건너 영주에 왔는데, 그곳에서도 천덕
꾸러기 취급을 받았던 것이다.

이때에 겪은 시련들은 만주족이 스스로를 제국의 신
민으로 여기지 않게 만들었다.

누르하치의 영도 아래에 동령의 바깥에 새로운 그들
만의 나라를 세우고 나서, 자연스럽게 조선인들에 대한
꺼림이 생긴 것도 무시할 수 없었다.

어쨌든 이런저런 연유로, 아지거 호톤의 만주인들은 갑작스럽게 남쪽에서 나타난 조선인들을 약간 기피하며 최소한의 도움만을 주었다.

그럼에도 불구하고, 아지거 호톤의 주민들은 탐험대에게 여분의 말도 팔았을 뿐만 아니라, 식량도 거저주다시피 했다. 남쪽의 사막을 건너온 이들에 대한 연민이었을 것이다.

어찌 되었든, 이곳에서 일주일간 머물며 상처를 치료하고 피로를 회복한 탐험대는, 북동쪽으로 한 달 거리에 자리한 만주족의 수도 압카이거문으로 향했다.

이들은 우선 정남기의 군주라고 할 수 있는 버이러(貝勒, 패륵)를 찾아가 후금의 영내를 통과하는 것을 인가하는 호조(護照)를 발급받았다.

이곳에서 충분히 다시 보급을 마치고, 정남기 버이러의 배려를 받아 모자란 말의 숫자도 채워서 압카이거문으로 출발했던 것이다.

하루 거리마다 하나둘 정도 드문드문 만주족 취락이 서 있는 광대한 초원을 이들은 한참 달려 겨울이 시작될 무렵 천경, 혹 압카이거문으로 불리는 만주족의 도읍에 다다랐다.

세워진 지 얼마 안 되는 척박한 나라의 도성인지라, 흙으로 대충 쌓여 있는 외성은 둘레가 얼마 되지 않았고, 인구도 2천 명에 불과한 도시였다.

하지만 그 규모와 상관없이, 이곳은 왕족인 아이신기오로(Aisin Gioro, 愛新覺羅)씨가 살고 있는 팔기의 중심이자, 누르하치가 묻힌 만주족의 새로운 고향으로 여겨지고 있었다.

누르하치의 뒤를 이어 후금 대칸의 자리에 오른 홍타이지는 윤양일과 탐험대를 적당히 대접해 주었다.

탐사대는 오랜만에 깨끗한 물과 따뜻한 음식, 신선한 야채를 섭취할 수 있었다.

"영주에서 동방 탐사를 결행하고 사람들을 보냈다는 소식은 이미 일찌감치 들었는데, 설마하니 이렇게 궁색한 차림으로 남쪽에서 올라올 줄은 생각지도 못했네. 더 동쪽으로 갈 생각이라면, 어차피 고(孤) 또한 사절들을 동방으로 보낼 생각을 하고 있었으니 함께 가는 것이 어떠한가?"

윤양일과 탐사대원들은 간만에 편안한 휴식을 즐기며, 만주족 고관들과 교류를 하고 있었다.

이렇게 압카이거문에 체류한 지 일주일이 지나갈 무

렵, 대칸 홍타이지가 직접 윤양일을 불러들였다.

아버지 누르하치를 쫓아 요동내전에도 참전했으며, 이후 신대륙 이주를 주도적으로 추진하여 만주족들을 이 새로운 낙토에 이르게 한 영웅이었다.

세월의 연륜이 잔뜩 묻은 그의 얼굴에서는 날카로운 안광이 뿜어져 나오고 있었다.

윤양일은 그 앞에서 기세가 죽지 않을 수 없었다.

"감히 전하께서 뜻하시는 바를 어찌 거절하겠습니까. 그렇게 해주신다면 저희로서도 감읍할 일이나이다."

윤양일은 차마 이번 탐사대의 목적 중에 후금의 전력을 파악하고 허실을 탐지하는 것이 있다고는 말하지 못했다. 윤양일은 이제 그러기는커녕, 오히려 홍타이지가 붙여준 만주족 관료들과 동쪽 탐험에 동행해야 할 처지가 되었다.

그러나 윤양일은 이를 거절할 수가 없는 처지이기도 했다. 홍타이지의 위압감도 위압감이지만, 그것보다도 압카이거문에 도착하면 다시 영주로 돌아가겠다는 조건으로 윤양일의 지시를 따라온 탐사대원들 때문이었다.

살아남은 서른 명의 탐사 대원 중 무려 절반이 넘는 열일곱이 이곳에서 안전한 동령의 산로(山路)를 넘어

고향으로 돌아가겠다고 윤양일에게 마지막으로 통보해
온 상황이었다.

윤양일은 이들을 끌고 대륙 끝까지 갈 수 없는 형편
이었다. 그렇다고 남은 열셋만으로 움직이기는 곤란한
상황이니, 홍타이지의 배려 아닌 배려에 응할 수밖에
없었던 것이다.

홍타이지는 윤양일과 함께 동방으로 갈 사절단의 대
표로, 그의 이복동생인 도르곤(Dorgon, 多爾袞)을
지목했다.

도르곤은 그에게 속한 팔기군의 일부와 관료 몇 명을
포함한 40명의 인원을 추렸다.

추운 겨울이 찾아왔기에, 이들은 출발을 미루고 봄이
오기를 기다렸다.

다시 해가 지나 봄이 찾아오자, 윤양일과 도르곤은
각기 대원들을 이끌고 동쪽으로 박차를 가했다.

윤양일에게는 다행스럽게도, 도르곤은 사람이 호인이
었고, 윤양일과도 성격이 잘 맞았다.

도르곤은 영주로 건너온 다음에 태어났기에 조선말을
직접 접할 기회는 없었으나, 훌륭한 스승들에게 가르침
을 받아 능숙하게 조선어를 구사할 수 있었다.

윤양일 또한 도르곤에게서 직접 만주어를 배우며 서로 교분을 쌓아갔다.

이제 막 틀을 갖추기 시작한 후금국은 적은 인구가 넓은 영토에 산발적으로 흩어져 있었고, 팔기를 통해 연맹 체제를 구축하고 있었다. 이것은 곧 그 나라가 시작되고 끝나는 경계가 불분명하다는 사실을 의미하는 것이기도 했다.

만주족 마을이 보이지 않는다 싶으면 원주민들의 취락이 갑작스럽게 나타나기도 했고, 어느 순간에는 이 새로운 정복자들에게 적대적인 원주민 부족들이 습격을 가해오기도 했다.

반대로 만주족과 우호 관계를 맺고 있는 부족들도 있었고, 이러한 점이지대가 끝나갈 무렵에는 완연히 화사한 기후의 온대지역으로 탐사대는 들어서고 있었다.

동쪽으로 마지막에 있는 만주족 마을을 통과한 뒤, 윤양일과 도르곤은 속도를 늦추어 조심스럽게 말을 몰아갔다.

윤양일의 곁에 끝까지 남아 있던 진서 출신의 지도 제작자 강험(姜驗)이 주변의 지형을 샅샅이 살피며 기록했다.

도르곤의 부탁으로 윤양일은 강험에게 이 지도의 사본을 만들어 건네주도록 했다. 일이 늘었으나, 강험은 자신이 이 넓은 땅의 지도를 처음으로 만드는 사람이라는 사실에 들떠 있었다.

이것을 잘 기록하고 만들어두면, 혹여 진서로 돌아가게 되었을 때 진서대학의 교원으로 발탁되는 것도 불가능한 일이 아니었기 때문이다.

이렇게 만주족의 영역이 끝나는 곳에서 다시 두 달을 더 가서, 그들은 커다란 호수가 펼쳐져 있는 옥토(沃土)로 접어들었다.

그곳에서는 새롭게 북아메리카 원주민들의 나라가 형성되고 있는 참이었다.

오대호(五大湖)의 북쪽에 자리 잡은 프랑스인 정착민들로 부터 이로쿼이(Iroquoi)라는 이름이 붙여진 이들 중에서도, 호수 연안에 자리 잡은 다섯 부족이 그들 자신의 이익을 보호하기 위해 연맹을 결성했던 것이다.

이들은 스스로를 '긴 집에 거하는 사람들' 이란 뜻의 「하우데노사우니」라고 칭했다.

전승에 따르면, 이 이로쿼이 연맹은 데가나위다(Deganawida)와 히아와타(Hiawatha)라 불리는 영웅적인 두 사람에 의해 결성되었다고 전해진다.

이들은 「위대한 평화의 법」이라 불리는 가르침을 서로 다투고 있던 이로쿼이 종족들에게 전했고, 결국 세네카(Seneca), 오논다가(Onondaga), 오네이다(Oneida), 카유가(Cayuga), 그리고 모호크(Mohawk)의 다섯 종족을 한데 모아 연맹을 창설했다고 한다.

이들의 느슨한 연맹은, 이렇게 이미 유럽인들과의 접촉 이전부터 존재해 왔었다.

그러나 이들이 강력한 연맹을 구성하고 점진적으로 국가의 형태를 취해 나가게 된 중요한 이유는 인접한 지역에서 유럽인들이 갑작스럽게 늘어났기 때문이었다.

조직적으로 행동하는 유럽인들에게 대응하기 위해서는 그들 스스로 강력한 연대를 이뤄야 한다는 주장이 있었고, 때문에 이로쿼이 연맹의 결속력은 시간이 갈수록 단단해져 가고 있었던 것이다.

이로쿼이 연맹은 남쪽의 해안가에 정착한 네덜란드인과 강력한 유대 관계를 맺고 있었고, 그들과는 적대적인 부족인 웬다트(Wendat)와 대립하고 있었다.

웬다트인들은 이로쿼이 연맹의 제부족과 같은 선조를 공유하는, 이로쿼이 계통의 민족이었으나, 연맹과는 오랜 반목을 겪고 있었다.

이들은 네덜란드와 손을 잡은 연맹과는 달리 프랑스와 손을 잡고 있었다. 모피 무역의 권리를 둘러싼 대립은 이들 사이에서 갈수록 치열해져 가고 있는 상황이었다.

윤양일과 도르곤이 이로쿼이 연맹의 영역으로 들어선 것은 바로 이 무렵이었다.

이들은 이미 멀리서부터 국가에 버금가는 조직을 구축하고 있는 강력한 원주민 동맹에 대해서 소문을 듣고 있었고, 앞으로 동부의 역학 관계에서 이들이 매우 중요한 역할을 하게 될 것이라는 사실을 예측하고 있었다. 유럽인들과 마주하기 전에, 먼저 이들과 접촉하는 것이 우선이었다.

"먼 곳에서 손님들이 찾아왔으니 반갑소이다."

연맹의 회합(會合)이 이루어지는 「긴 집」의 지붕 아래에 연맹의 추장들이 모여 앉았고, 윤양일과 도르곤은 이들의 초청을 받아 그곳에 자리를 함께할 수 있었다.

"우리는 백인들의 위협적인 공세와 오래된 적 웬다트들과의 전투에 지쳐 있소. 지금 보니 그대들도 백인들처럼 총을 가지고 있구려. 네덜란드인들이 우리에게 총과 화약을 건네주고 모피를 가져가지만, 여전히 그 양은 부족하고 웬다트나 프랑스인들과 맞서기에는 충분하지 못하오. 그대들이 우리의 문제를 해결해 줄 수 있소?"

오논다가의 추장이 윤양일을 향해 물었다.

그는 도르곤과 눈빛을 교환한 뒤, 그것이 가능하다고 대답했다.

영주에서 생산되는 보총을 만주족을 거쳐 이들에게 수출하는 것이 불가능하지는 않았다. 다만 그로 인해서 얻을 수 있는 이익이 불충분했다.

"그 대가로 당신들은 저희에게 무얼 줄 수 있습니까?"

"우리가 가진 것은 모피와 담배밖에 없소."

"그것으로는 부족합니다."

윤양일은 고개를 저었다.

이들에게 모피를 사서 영주를 거쳐 다시 본토로 보내 그곳에서 유럽으로 수출하는 것은 어떻게 보아도 비효율적이고 비용이 많이 드는 일이었다.

이곳의 유럽인들은 대서양만 건너면 이를 큰 비용을 들이지 않고 모피를 소비하는 주요 시장인 유럽에 수출할 수 있지만, 이것을 영주로 가져가 유럽으로 보내게 되면 같은 모피를 지구의 2/3를 돌아서 수출하게 되는 것이다.

윤양일은 때문에 이 거래를 거절할 생각이었지만, 도르곤의 생각은 조금 달랐다. 그는 윤양일의 거부의 의사를 나타내는 것을 잠시 제지한 다음에, 입을 열었다.

"아니, 그렇게 하도록 합시다. 모피든 담배든 무엇이든 좋소. 다만 우리가 총과 화약을 넘겨줄 테니, 만주와 하우데노사우니 사이의 영원한 친구의 맹약을 맺읍시다."

도르곤은 노련한 사람이었다.

그는 새롭게 성장하는 후금의 동쪽에 단단한 동맹을 만들고 싶어 했다. 설사 총과 화약을 손해 보고 넘겨주더라도, 강력한 연대를 구축하는 것이 도르곤이 생각하기에는 먼저였다.

그리고 장기적으로 보았을 때 후금과 이로쿼이 연맹, 그리고 네덜란드 식민지로 이어지는 동맹 관계는 아메리카 북부를 관통하는 무역의 황금 루트를 만들어낼 가능성도 있었다.

"도르곤 님, 그러나……."

윤양일은 괜히 죽을 쑤어 남 주는 기분이 드는 것도 사실이었다.

그러나 이로쿼이와 언제고 접할 수 있는 만주인들과 다르게, 영주는 직접적으로 교류관계를 맺기가 힘들었다. 하지만 그는 도르곤을 말리지 않기로 했다.

만주인들이 이로쿼이에 총을 팔려면, 그것을 영주에서 사가야만 했다. 영주에 있어서 이 맹약이 꼭 손해는 아니었다.

윤양일은 내심 영주로 돌아가면 총기창을 차려서 보총을 생산하는 것이 어떤가 하는 계산을 해 보았다.

도르곤과의 인맥을 통해 만주로 수출하는 총기의 생산을 독점한다면 꽤나 많은 이윤이 남을 터였다. 이런 좋은 거래에 도장을 박아야 할 이유는 이제 충분했다.

"그렇다면 그 동맹에 저희도 함께하기를 원합니다. 서쪽 끝에 있는 우리 한국인들 또한 당신들과 영원한 우정을 쌓기를 바랍니다."

윤양일은 혹여나 도르곤에 뒤쳐질세라, 얼굴 만면에 웃음을 띠우고 연맹의 추장들을 향해 말했다.

1633년

태정(太禎) 45년 계추(季秋)

대한제국 영주도독부 창해도(蒼海道) 창주부.

윤양일의 탐사대가 긴 여정을 마치고 영주로 돌아온 것은, 출발한 지 네 해나 지난 1633년 가을의 일이었다.

후금을 거쳐 이로쿼이 연맹(하우데노사우니)과 우호 관계를 약속한 윤양일은, 도르곤과 갈라져 이로쿼이 연맹의 소개를 받아 네덜란드 식민지와 접촉할 기회를 가질 수 있었다.

계곡을 따라 남쪽의 해안가로 내려간 윤양일은, 「네덜란드서인도회사(GWIC, Geoctroyeerde Westindische Compagnie)」가 전략적으로 개척하고 있는 니우 네덜란드(Nieuw—Nederland) 식민지의 경내에 진입할 수 있었다.

서인도회사의 본부가 있는 니우 암스테르담(Nieuw—Amsterdam)의 도시에 도착한 윤양일은, 그 스스로를 영주대도독의 전권을 위임받은 특임대사로 소개하며, 이 곳의 총독 판 트빌러르(W. van Twiller)와 면담했다.

만하탄(Manhattan) 섬에 자리잡은 니우 암스테르담을 중심으로 니우 네덜란드의 식민지 영역은 사방으로 뻗어 나가며 번창하고 있었다.

이들은 이로쿼이 연맹과의 동맹 관계를 바탕으로 북아메리카에서 안정적인 식민 개척을 이룩할 수 있었고, 처음에는 수지가 맞지 않았던 본국과의 무역 관계도 차츰 정상화되어 가고 있었다.

니우 네덜란드의 전체 이민자를 통틀어도 그 숫자는 겨우 1만 명이 되지 않았지만, 적어도 대륙 동부에서 가장 활력 넘치게 성장하는 식민지임에는 분명했다.

이제 막 이곳에 정착한 지 30년 남짓에 불과한데도 말이다.

윤양일은 판 트빌러르와 함께 영주, 후금, 이로쿼이 연맹, 네덜란드로 이어지는 황금동맹(黃金同盟)을 구상했다.

만약 이것이 결성된다면, 대륙의 동과 서를 횡단하는 하나의 강력한 동맹 벨트가 구축될 수 있었다.

북쪽으로는 프랑스인, 동북쪽으로는 스코틀랜드인들과 잉글랜드인, 그리고 남쪽으로는 스웨덴인들의 식민지가 개척되고 있는 마당에서 네덜란드로서도 이러한 강력한 안보장치는 절실한 것이었다.

"좋습니다. 우선 본국에 보고한 뒤 긍정적인 답신을 받아 오겠습니다."

판 트빌러르는 갑작스럽게 찾아온 손님이 반갑기 짝이 없었다.

한국의 식민지인 영주와 연결된다는 것은, 곧 신대륙에서는 가장 오래된 동맹 관계인 영주 도독부와 아라곤령 콜롬비아의 양자 동맹에 새로운 멤버로 참여할 수 있다는 사실을 의미하기도 했다.

만주와 이로쿼이와의 동맹도 매우 중요한 것이었지만, 만약 영주─콜롬비아─니우 네덜란드의 삼각 동맹이 등장한다면, 신대륙에서의 네덜란드 식민지 팽창에 절대적으로 도움이 될 터였다.

판 트빌러르와 우호적인 회담을 나눈 뒤, 윤양일은 동부 해안을 따라 남쪽으로 향했다.

니우 네덜란드의 남쪽에는 뉘아 스베리예(Nya Sverige), 즉 뉴 스웨덴이라 불리는 스웨덴 식민지가 팽창을 시작하고 있었다.

이제 막 크리스티나 요새(Ft. Christina)를 중심으로 잉글랜드령 버지니아와 네덜란드령 니우 네덜란드 사이에서 독자적인 영역을 확보한 이들은, 주로 가난한

핀란드 출신 이주자들을 앞세워 식민지 개척에 나서고 있었다.

윤양일은 동부 해안에서 영주도독부의 파트너로 네덜란드를 염두에 두고 있었다.

도독부의 백인평의회는 그가 결정한 바에 따라가 줄 가능성이 높았다. 적어도 지금 동부 해안에 대해서 자세한 정보를 갖추고 판단할 수 있는 것은 윤양일뿐이었다.

때문에 그는 스웨덴인들과는 기본적인 접촉만 취하고, 곧바로 잉글랜드령 버지니아를 거쳐 카리브해를 건너는 배에 올라 아라곤령 콜롬비아의 파나마로 들어갔다.

파나마에는 지난 수십 년간 영주도독부에서 영사를 파견하고 있었다. 윤양일이 파나마로 들어왔을 때, 때마침 이곳에 영사로 보내져 있던 것은 바로 윤양일의 큰형인 윤형일(尹衡一)이었다.

다음 대의 대곡백 작위를 잇기로 내정되어 있는 윤형일은, 영주의 정계에서 요구하는 경력을 쌓기 위해 파나마로 나와 외교 경험을 쌓고 있었던 것이다.

윤형일은 수완이 좋아, 콜롬비아 총독부와도 밀접한

관계를 맺고 있었고, 신천은광에서 리마를 통해 실려 나오는 은의 무역량의 관리도 능숙하게 하고 있었다.

"네 소식이 한참을 끊겨서 영주에서는 모두 걱정하고 있는 모양이더구나. 이렇게 건강한 모습을 보니 내 마음이 좋기 그지없구나. 여기 머무는 동안은 충분히 휴식을 취하고 가도록 해라."

파나마에 동생이 입항했다는 소식을 들은 윤형일은 버선발로 항구로 뛰쳐나갔다.

오랜만에 해후한 형제는 밤새도록 술잔을 기울였다.

윤형일은 동생과 탐험대원들에게 영사관의 예산을 모두 털어가며 대접해 주었다. 좋은 숙소를 내어준 것은 물론이거니와, 매일같이 진귀한 음식을 대원들에게 차려주었다. 그러나 무엇보다 윤양일과 탐험대원들이 그리워했던 것은 바로, 오랫동안 먹지 못했던 집 밥이었다.

"언제까지고 여기 머물 수는 없으니 이제 그만 영주로 돌아가는 길에 올라야겠습니다. 형님."

윤형일에게는 아쉬운 일이었으나, 윤양일은 벌써 떠나온 지 3년이 훌쩍 지난 고향이 그리웠다.

지금 채비를 서둘러 출발하더라도 영주에 도착할 때

면 이미 여정이 4년차로 접어들 터였다.

　그나마 탐험대를 발족시키고 일을 추진했던 대도독
이수광이 임기를 연장해 가며 아직까지 영주에 남아 있
다는 사실은 다행스러운 일이었다.

　만약 이수광이 뒷마무리를 잘하지 못한 채 영주를 훌
쩍 떠나가 버렸다면, 어렵사리 만들어진 평의회도 해체
될 가능성이 높았고, 윤양일의 탐험을 통한 공로도 인
정받기 힘들 터였다.

　적어도 이수광이 아직 영주에 남아 있다는 사실은,
적어도 그가 생각하고 있던 방향으로 영주의 정치가 잘
굴러가고 있다는 소리였다.

　집으로 돌아가는 귀로는 처음 탐사를 출발할 때에 비
해서 편안하기 그지없었다.

　콜롬비아 총독부에서 보내준 아라곤 총병들이 그들을
멕시카 왕국의 경계까지 안내해 주었다.

　멕시카 왕국에서는 아무런 제제 없이 윤양일 일행은
내륙 지대를 마차에 올라 안락하게 통과할 수 있었다.

　테노치티틀란에서 사흘간을 머무르고, 대창해(大蒼
海, 태평양)에 면한 악사야카틀란 항구에서 창주부로
가는 내상의 선박을 통해 이들은 4년만에 고향으로 안

전히 귀환할 수 있었다.

후금국에 들어갔을 때, 살아남은 일행의 절반 이상이 동령을 통해 먼저 귀환해 버렸고, 때문에 영주의 사람들은 윤양일을 비롯한 나머지 탐험대가 동쪽으로 무리하게 전진했다가 사라져 버렸으리라 생각하고 있었다.

연락이 닿을 길 없는 먼 동쪽에서 그런 소수의 인원으로 몇 년이 지나도록 돌아오지 못하고 있다는 사실은, 곧 사실상 이들이 어디선가 죽음을 맞이했을 거라는 추측을 하기에 충분한 이유가 되었었다.

그러나 윤양일을 비롯한 열세 명의 탐험대는 아무도 몸 상한 곳 없이 멀쩡한 모습으로 창주부의 항구에 나타났다.

창주의 사람들은 열광했고, 이들이 평의회에 출석하여 그간의 탐험 성과를 보고하는 자리에는 창주부중의 사람들이 대거로 몰려들어 조금이라도 이들이 하는 이야기를 듣기를 원했다.

이들이 백인평의회에서 보고한 사항은, 채 며칠이 지나기도 전에 필사본으로 적혀 창주부중에 돌아다니기 시작했고, 윤양일과 탐험대원들은 가는 곳마다, 그 이야기를 듣기를 원하는 사람들에게 만찬을 대접받았다.

윤양일의 지시를 따르기를 거부하고 먼저 돌아갔던 대원들이 무색하게도, 끝까지 탐험을 마친 윤양일과 나머지 대원들은 영주 전체에서 영웅이 되었다.

탐험대의 귀환과 함께 창주부에서 벌어진 일대의 소란이 점차 잦아들어 가기 시작할 무렵, 윤양일은 탐험 중에 수많은 지도를 남긴 지도 제작자 강험과 함께 여행기의 집필을 시작했다.

대도독인 이수광이 직접 이들의 공로를 치하하는 발문(跋文)을 써주었다.

강험이 그린 삽화와 지도가 채색되어 수백 장 이상 삽입된 이 여행기는, 《외동녕기(外東寧記)》라는 제목의 8책 24권으로 묶어져 나왔다.

이 책을 찍어내기 위해, 창주부에 처음으로 인쇄기와 활자가 본토에서 수입되어 들어왔고, 삽화 및 지도를 그린 강험이 직접 출판사를 차렸다.

이렇게 만들어진 영주 최초의 출판사 「창주박문서관(蒼州博文書館)」은 이후로도 신대륙의 각종 문화와 전통을 소개하는 책들을 찍어냈다.

윤양일 이후로, 개인적으로 신대륙의 오지로 탐험을 떠나는 사람들이 영주에서는 부쩍 늘기 시작했고, 이들은 각자 자신들의 모험담을 책으로 찍어내길 원했다.

그간 신대륙에 자리하고 있으면서도, 정신적으로는 본토에 예속되어 있는 것이나 다름없던 영주인들에게, 윤양일의 탐험은 자신들이 터를 잡고 있는 신대륙이라는 공간에 대해 재인식하게 만들었다.

이러한 경향은, 니우 네딜란드에서 윤양일에 대한 답례 사절로 파견한 판 던 보아허르트의 사절단이 후금을 거쳐 동녕을 넘어 영주에 도착함에 따라 절정에 달했다.

판 던 보아허르트의 사절단은 유례없는 환영을 받으며 창주에 들어왔고, 이들은 이곳에서 무려 일 년 가까이 머물면서 영주의 지도층과 교류했다.

판 던 보아허르트는, 특히 자신보다 몇 해 앞서 대륙 횡단을 달성한 윤양일에 대해 깊은 감명을 표시했다.

창주에서 머무는 동안 거처마저도 윤양일의 자택에 꾸린 판 던 보아허르트는, 대도독인 이수광의 초청에도 응해서 그와 함께 많은 이야기를 나누었고, 백 년의 우의를 약속하며 좋은 대접을 받고 귀환길에 오를 수 있었다.

판 던 보아허르트는 또 니우 네딜란드로 돌아가는 길

에, 파나마에서 윤양일의 형인 윤형일 영사와 콜롬비아 총독 콘셉시오 데 자멜(Concepcióde Jamel)과 회동하여 영주도독부—아라곤령 콜롬비아—니우 네덜란드 사이의 신대륙 3각 동맹을 체결했다.

영주도독부는 네덜란드와 아라곤과 연합하여 신대륙에서의 안보와 무역의 이익을 도모하고자 했고, 아라곤은 전통적으로 중부 아메리카에서 경쟁해 온 카스티야뿐만이 아니라, 남아메리카에 식민지를 건설한 포르투갈을 견제할 필요가 있었다.

아라곤의 묵인 아래에 베네치아가 남아메리카에 식민지를 건설하고는 있었지만, 이들은 포르투갈을 상대하기에는 아직 역부족이었다.

때문에 아라곤 또한 이러한 동맹의 확대를 절실하게 필요로 하던 시점이었다.

네덜란드 또한 이미 신대륙에 자리 잡은 지 오래된 세력들과 연합을 구축함으로 인해서, 북아메리카의 동부 해안의 극렬한 식민지 개척 경쟁에서 우위를 확보할 수 있게 되었던 것이다.

후금의 건국은 영주도독부를 자극해, 윤양일의 탐험을 발족시키게 만들었고, 이 탐험은 신대륙에서의 본격적인 합종연횡의 시작과 함께 본격적인 식민지 시대의 도래를 예견하는 것이었다.

구대륙에서 건너온 식민지 개척자들과 일찌감치 국가 체제를 구성해 이들과 어깨를 나란히 할 수 있게 된 일부 신대륙 원주민들에게는 영광의 세기로 기억될 새로운 시대가 밝아오고 있었던 것이다.

그러나 이 신대륙의 오랜 잠을 깨우는 나팔 소리는, 이 대륙에서 만 년간 삶을 꾸려오던 대다수의 신대륙 원주민들과 노예 무역으로 동부 해안에 팔려오기 시작한 아프리카 원주민에게는 저주의 나팔 소리에 다름없었다.

앞으로 이들은 수 세대에 걸쳐 삶의 터전에서 추방되고, 바다 건너로 팔려 나가고, 착취를 당하게 될 운명이었다.

영주의 조선인들 또한 이 혐의로부터 자유로울 수는 없는 운명이었다.

니우 네덜란드와 콜롬비아와의 삼각 동맹이 체결되던 그 해, 영주의 평의회에서는 도독부의 평의회가 인정하는 요건에 충족하는 대지주들에 대하여 노예의 소유를 인정하는 법안을 통과시켰다.

이듬해 빚에 견디다 못해 스스로를 노예로 팔아넘긴 원주민 수천 명이 영주부의 노비대장에 기록되었고, 다시 여러 해 뒤에는 파나마를 통해 최초의 흑인 노예가 영주 남부의 조주항을 통해 팔렸다.

제60장

제국재흥(帝國再興)

「○그 국중(國中)의 한 뙈기 땅도 버리지 말 것이며, 그 땅에 심을 수 있는 것은 모두 심어서 잘 자라날 수 있는 곡물을 가려내야 한다. 또한 상공(商工)을 천시하지 않아, 이들이 물건을 생산하고 이를 마음껏 내다 팔게 할 수 있는 연후에, 나라의 곳간에는 자연스럽게 곡식과 재보가 쌓이게 될 것이다. 그러나 이 또한 만세(萬歲)에 이어질 것을 장담키 어려우니, 금은을 캐고 정련하는 일을 소홀히 해서는 아니 된다.」

―황종희, 《경제학안(經濟學案)》

1640년

흥안(興安) 원년 맹춘(孟春)

대한제국 황성부.

태정제(太禎帝)의 휘는 기(琪)로, 1561년(건양 38)
겨울 황성에서 건양제의 아들로 태어났다.

젊은 시절 학습원에서 수학을 하며, 요동의 인양군을
비롯한 여러 준재들과 교류를 맺었다.

형인 선정제가 매독에 걸려 급서(急逝)하자, 황제를
물려받게 된 조카 폐제(廢帝) 권(懽)을 대신하여 섭정
으로 나라를 다스렸다.

이후 차근차근 권력을 장악해 나가, 종래에는 반정을
일으켜 조카를 폐위시키고 스스로 황제의 자리에 올랐
다.

재위 도중에는 안정적인 황권 도모에 심혈을 기울여,
이후 제국의 정치 질서의 초석을 닦았다.

그는 훈구당과 사림당을 번갈아 흔들어 종국에는 해

체시켜 버렸다. 그는 내각의 힘을 줄이고 황권을 장기적으로 강화시키는 데에 성공했으며, 이를 바탕으로 스스로 전제왕권의 모범이 되고자 했다.

그의 재위 기간 내내 권력 내에서 밀접한 관계를 맺었던 허균은 태정제의 정치를 칭송하는 《정치신편(政治新編)》이라는 책을 써서 황권은 하늘이 직접 내리는 것이며, 강력한 황권이 있어야 나라가 안정된다는 주장을 펼쳤다.

재위 중에 태정제의 권력을 흔들기에 충분했던 왜란(倭亂)과 서북변란 등의 군사적 충돌이 진서와 서북에서 일어났으나, 다행스럽게도 그 위기를 잘 모면할 수 있었다.

대신 태정제는 요동 및 진서 등의 외지(外地)에 강력한 황권을 투사하는 것을 포기하고, 자율성을 주는 방향으로 정책을 변전시켰다.

이 결과 진서에서 종교의 자유가 인정되고 대학이 세워질 수 있었으며, 요동에서는 도독부가 폐지되고 요동국이 세워질 수 있었던 것이다.

대신 태정제는 자신의 권력을 내지에 집중시켰는데, 이로써 내지의 정치는 완전히 황제를 거치지 않고는 기능하지 않는 구조를 정착시켰다.

무려 51년간 제국을 통치한 그의 치세는, 군제 개혁을 통해 군사력을 강화하고, 중앙집권을 달성했을 뿐만 아니라, 각종 법제의 개혁 정책으로 기억되었다.

그러나 그가 취한 정책 중에서는 분명히 퇴보를 가져온 것도 적지 않았다.

한때는 전국적으로 인쇄술의 보급과 함께 널리 퍼져 있던 신보(新報)들이 태정제의 통치 기간 중 모두 금지되었다.

오로지 남은 것은, 황성부 조정에서 공식적으로 발행하는 관보(官報)뿐으로, 이외에 내지에서 발행 가능한 것은 고권(股券, 주식)의 시세 변동을 공지하는 시보(時報)로만 제한되었다.

또한 공식적으로 내지에서 출판되는 모든 서적에 대해 학부(學部)의 사전 심사를 받게 하는 검열 제도를 시행했을 뿐만 아니라, 내지에서 요동화를 포함한 외래 화폐의 통용을 일체 금지시키고, 공식적인 환율로 태환(兌換)된 제국정부에서 발행하는 통보(通寶)만 사용할 수 있도록 했다.

이러한 태정제의 정책은 전반적으로 상업 활동의 저

하를 가져왔을 뿐만 아니라, 언로(言路)가 위축되고 전체적으로 체제가 경직되게 만들었다.

그러나 동시에 이러한 태정제의 통치가 대내외적으로 위기 국면에 처해 있던 제국의 상황을 타개하는데 일조한 것도 사실이었다.

이렇게 해가 갈수록 강력한 전제통치를 추구하면서 황권의 강화를 달성한 태정제는, 일흔아홉의 나이로 숨을 거두었다.

시호가 올려지니, 곧 세조(世祖) 무황제(武皇帝)이다.

황태자 휼(潏)이 그 뒤를 이어 즉위하니, 새롭게 선포된 연호는 「흥안(興安)」이었다.

흥안제 이휼은 즉위 시에 이미 나이가 마흔여섯으로, 젊은 시절에 아버지의 통치를 보좌하면서 이미 정치 권력에 대해서는 잔뼈가 굵었다.

그간 황권을 강화하고자 하는 시도가 단대에 그쳤던 것은, 후계자의 능력이 전대 황제에 미치지 못한 이유도 있었다.

그러나 흥안제는 이미 아버지의 통치 기술을 이십여 년에 걸쳐 철저히 전수받았을 뿐만 아니라, 태정제가 숨을 거둘 무렵에는 사실상 부황을 대신하여 정국을 운영하고 있었다.

이미 아버지 태정제가 내각에서 훈구당과 사림당을 사실상 해체시켜 버렸기에 내각은 이미 홍안제의 사람들로 채워진 뒤였고, 내각이 황제를 견제하는 것은 사실상 힘든 상황이었다.

홍안제는 이렇게 아버지로부터 이어받은 권력을 보다 강화시킬 방법들을 궁리하기 시작했다.

우선 그가 먼저 떠올린 방법은 사실상 그 기능을 상실한 추밀원(樞密院)을 폐지시키는 것이었다.

홍안제는 그저 조상의 공으로 대대로 작위를 습작하고 있는 한량들이 국정에 간섭할 근거를 앞으로 남겨두길 원하지 않았다.

"이백 년을 내려온 추밀원을 갑자기 닫으시겠다니요. 아니 되옵니다. 폐하."

"이곳의 공후들이 대대로 나라를 위해 바쳐 온 충성을 잊으시면 아니 되옵니다."

평소에는 추밀원에 의석이 있음에도 불구하고 지방의 식읍으로 내려가 황성에는 올라오지 않던 추밀원 의원들이, 추밀원이 폐지된다는 소리에 황급히 경복궁 앞으로 달려와 머리를 찧으며 황제를 만류하고자 나섰던 것이다.

추밀원은 기능을 하든 그렇지 않든 작위를 받고 공식적으로 대한제국의 귀족 계급으로 편입된 이들이 공식적으로 관직에 나설 수 있는 통로였다.

더군다나 관직에 오래 몸을 담거나 공훈을 세워 당대에 작위를 받게 되면, 사실상 은퇴 후의 영전(榮轉)하여 추밀원으로 들어가는 경우도 적지 않았기에, 귀족이 아닌 일반 대신들도 추밀원의 폐지를 우려하지 않을 수 없었다.

이렇게 황성부가 소란스러울 정도로 추밀원 폐지에 반대하는 목소리가 높아져 갔으나, 흥안제는 단호하게 폐지를 밀어붙였다.

그는 내심 이백 년간에 걸쳐 온 신료와 황제 사이의 권력 다툼을 이제는 종식시킬 때가 되었다고 생각하고 있었다.

황권으로 추가 기운 이때에 확실한 도장을 찍지 않으면, 앞으로 언제고 황권에 도전하는 신료들은 황제를 배제하고 정치를 좌우하려 들 것이고, 그렇다면 어느 순간엔가는 황제 자체가 의미가 없어지는 상황이 올 수 있다고 흥안제는 내다보았다.

당연히 황제가 아무런 기능을 하지 못하는 국가에서, 굳이 황제의 자리를 유지하고 내탕금을 내어줄 이유도 없었다.

신권이 득세하면 득세할수록 제정을 유지하는 것이 장기적으로 불가능하다고 본 흥안제는, 전적으로 황권에 대한 천부설(天賦說)을 주장하며 전제정권을 수립하고자 혼신의 노력을 기울였다.

"짐의 나라를 통치할 권리는 하늘에서 내리는 명에서 나오는 것이지, 땅의 뭇 백성들로부터 나오는 것이 아니니, 설사 황제가 부덕하다고 하더라도 덕으로 이끄는 것이 제신들이 할 몫이지, 부덕함을 질타하며 황제를 겁박하는 것은 신하의 노릇이 아니니라. 황권은 신성한 바, 어찌 감히 천명을 받은 짐에게 가당 부당을 논하겠느뇨?"

흥안제의 주장은, 이미 그 아버지인 태정제 시대에 허균이 《정치신편》에서 황권을 옹호하기 위해 설파한 소위 「천부설(天賦說)」의 가정 위에 서 있는 것이었다.

동양의 전통적인 천명(天命)의 관념 위에다가 전제적인 색깔을 강하게 덧붙인 이 천부설은, 동시대 유럽에서 유행하기 시작한 「왕권신수설」과도 상당히 유사한 면이 없잖아 있었다.

흥안제가 이토록 전제권력에 집착하게 된 데에는, 그가 당시 목격하고 있는 주변의 정세 또한 영향을 미친 것이 사실이었다.

지근거리에 있는 명나라는 사방에서 일어나는 온갖 반란에 직면하며 나라가 해체 직전에 놓여 있었고, 황제는 아무런 역할을 다 하지 못하고 있었다.

일본은 천황에게 아무런 실권이 주어지지 않고, 아즈치 막부의 오다 가문이 쇼군의 자리를 세습하며 나라를 통치하고 있었다.

반면, 유럽의 여러 나라들은 왕권의 신성함을 강조하며 절대주의를 확산시키고 있었으니, 흥안제가 보기에 앞으로 자신이 나아가야 할 방향은 최대한 황권의 전제성을 강조하는 유럽식 모델이었던 것이다.

온갖 소동 끝에 흥안제는 추밀원의 문을 닫았고, 다음으로 지체 없이 그 화살을 내각으로 돌렸다.

"폐하. 내각은 이 나라 정치의 근본이옵니다. 문을 닫는 것은 천부당만부당하옵니다."

추밀원이 문이 닫힐 때만 해도 그게 자신들에게까지

불똥이 튈까 계산만 하고 있던 내각 대신들은, 예상치 못하게 칼날이 날아오자 황급히 사모관대를 갖추고 황제의 앞으로 달려가 내각의 보존을 주장했다.

그러나 흥안제는 눈 하나 꿈쩍하지 않고 내각 해체를 단행해 버렸다.

물론 그가 이렇게 저항을 고려하지 않고 독단적인 결정을 할 수 있는 데에는, 전대 황제인 태정제가 내각에서 군부를 떼어다가 황제의 직속으로 편성해 둔 덕이 컸다.

흥안제는 아예 군부대신의 자리를 공석으로 비워두고, 본격적으로 직접 군대를 지휘하고 있었다.

그것이 어느 정도였냐면, 흥안제가 추밀원이나 내각의 폐지 등 전격적인 정치 행동에 나설 때면, 아예 경복궁에서 어가(御駕)를 용산의 군부청사로 옮겨와 그곳에서 숙식하며 군의 행동을 통제했을 정도였다.

군부, 특히 시위대(侍衛隊)를 장악한 황제의 행동에 내각은 꼼짝없이 당하는 수밖에 없었다.

그렇잖아도 전대 황제인 태정제 시절부터 계속해서 독자적인 실권을 잃어가고 있던 내각이었다. 그런 와중에 이제 아주 문이 닫히고, 각부(各部)는 재상도 없고 협의할 수 있는 내각이라는 기구도 없이, 각 대신이 직접 황제에게 임명받고 황제와 개별적으로 협의해야 하는 기묘한 체제가 시작되었던 것이다.

이제 국가의 중대사가 황제가 없는 곳에서 논해지는 것 자체가 불가능해지는 것이었다.

모든 것은 황제를 거쳐야 했고, 신료들이 서로 연대하여 황제를 압박하는 권력 견제도 불가능해졌다.

"요동은 탕평이라고 하여 파당을 마음껏 짓는 대신에 나라에 도움이 되도록 하였는데, 오히려 내지에서는 파당이 사라진 지 오래임에도 불구하고 이제는 신하들의 입마저 틀어 쥐려고 하니, 이 폭정이 분명히 오래 가지 못할 것이다."

사람들은 삼삼오오 모이면 홍안제의 정치에 대해 수군대기 시작했다.

서울의 부민들 또한 전제황권을 지지하는 자들과 신권의 재강화를 논하는 자들로 암묵적으로 정치적인 견해가 크게 나뉘기 시작하고 있었다.

그러나 이들이 공식적으로 주장을 펼칠 공간은 완전히 제약되어 있었고, 황권에 대해 조금이라도 도전하는 주장을 담은 책은 학부의 사전 검열에 걸려서 밖으로 나오기는커녕, 글쓴이가 잡혀가서 취조를 당하지 않으면 다행이었다.

이러한 상황에서 황성부중에 익명의 벽서(壁書)가 나붙는 것도 당연한 일이었다. 공공연하게 황제에 대항하는 주장을 담은 이런 벽서를 쓴 사람을 찾아내기는 좀체 쉬운 일이 아니었고, 황성에서 시작된 이런 벽서는 이내 전국적으로 유행하며 반황제의 시류를 만들어내고 있었다.

벽서뿐만이 아니라 내각과 추밀원, 그리고 황제의 3각 정치를 주장했었던 옛 재상 임승준의 주장을 담은 《대국방략(大國方略)》이 황제의 금지령에도 불구하고 은밀하게 유통되고 있었다.

한때 강력한 내각에 대항하기 위해 소홍제의 황권 강화를 지지하는 근거가 되었던 임승준의 주장이었건만, 이제는 세월이 흘러 전제적인 황권을 꿈꾸는 홍안제에게는 이마저도 불민한 주장이 되었던 것이다.

결정적으로 이러한 황제의 검열 정책에도 불구하고, 사람들을 각성시키고 통제책을 무력화시킨 것은, 바로 익명으로 출판되어 뒷골목으로 유통되는 정치 서적들이었다.

이러한 책들은 거의 음란한 춘화(春畵)의 모음집이나 도색서적(桃色書籍) 등으로 위장하고 팔려 나갔다.

유통망 자체가 권력의 시선에서 벗어나 있었고, 사람들이 입을 담기 꺼리는 음서(淫書)들과 뒤섞여 있었기에 아는 사람들만이 접근할 수 있었다.

설사 이 책들을 발각하더라도, 황제가 취할 수 있는 조치는 그저 판매상을 족치는 것뿐이었는데, 그나마도 그 판매상이라는 것이 끊임없이 사람과 장소를 바꾸어 가며 출몰하는지라 잡아내기도 쉽지 않았다.

이런 경로를 통해 황성부중과 전국으로 퍼져 나간 책 중에 단연 으뜸은, 황제의 모든 권력을 제한하고 내각과 추밀원의 기능을 합친 의회를 수립하여 나라를 통치하자는 주장을 담은 《국회신론(國會新論)》이었다.

사실상 황제를 허수아비로 만들고 의회주의 국가를 세우자는 이 주장은, 당시로서도 파격적인 것이었으나, 황제의 통치에 불만을 가지고 있던 세력들로부터 크게 인용되기 시작했다.

익명으로 출판된 책이었으나, 사람들은 그 문장의 유려함을 보고는 우암(尤庵) 송시열(宋時烈)의 글이 분명하다고 수군댔다.

그러나 근거 없는 이런 소문으로 이미 충청도에서 명망을 날리고 있는 학자를 잡아들일 수도 없는 노릇, 황제는 그저 두고 보자며 세작(細作)을 여기저기 붙여서 감시하는 수밖에 없었다.

실상 흥안제는 인기 있는 황제가 아니었다.

그 아버지 태정제는 강렬한 카리스마를 갖추었던 사람이었다. 50년에 걸친 철권통치를 차근차근 구축하면서 무리하게 움직이지 않았고, 정치적 결정은 신중하게 내렸었다. 때문에 전란을 두 번이나 겪고, 경제가 침체했음에도 불구하고 사람들은 감히 태정제를 비난할 수 없었던 것이다.

더군다나 결정적으로 태정제는 거센 반발을 초래할지도 모르는 권력 집중을 위한 마지막 한 수만큼은 두는 것을 피해왔으니, 바로 명목상이나마 유지되고 있던 추밀원과 내각의 존재를 폐지하는 것이었다.

그러나 이 태정제가 피해왔던 것을 흥안제는 하나둘씩 손을 대고 있었다. 그것도 성급하게 말이다.

사실 흥안제의 생각도 그리 잘못된 것은 아니었다. 그는 그저 아버지가 마무리 짓지 못한 일을 자신이 마무리 짓는다고 생각하고 있을 뿐이었다.

물론 그를 지지하는 세력도 적지 않았고, 홍안제는 국정 운영에 대한 자신감이 있었다.

허나 시중에서는 이미 태정제 때부터 누적된 문제들에 대한 원인으로 홍안제가 지목되기 시작했고, 계속되는 황권의 강화에도 불구하고 민간의 삶은 나아지는 것 전혀 없이 갈수록 나빠진다고 느낀 중상류 계층의 황제에 대한 불만은 갈수록 증폭되었다.

결정적으로 홍안제가 잘못 취한 정책은 바로 상업 억제 정책이었다.

그는 그간 내각과 상업자본이 결탁 관계에 있다고 보았고, 이곳에서 부패가 발생해 민심이 흩어진다는 논리를 내세웠다.

일부 부패한 관료와 상인들을 잡아들이기도 했으나, 홍안제의 상업 탄압의 결과는 잔혹했다.

그간 숨이 끊어질 듯 말 듯하며 겨우 버텨오던 나상이 결국 무너지고 만 것이었다.

포르투갈의 등장으로부터 시작된 인도양 무역의 지분 축소로 힘겨워하던 나상은, 사업 부문의 분리를 통해 자구책을 도모하고 있었으나, 국내의 시장마저 어려워지자 결국 예전의 위세를 잃고 이류상단으로 전락하고 있던 차였다.

　나상은 신대륙이나 유럽에 아무런 지분을 가지고 있지 못했고, 결국 갈수록 국내와 연해 무역에 치중할 수밖에 없었다.

　특히 태정제 시기 전란기를 거치며 더욱 자금 사정이 곤란해진 나상은, 무리를 해서라도 조정에 연을 대어 돈이 될 만한 사업을 확보하고자 했었다.

　이 와중에 홍안제에게 시범조로 걸리고 만 것이었다.

　홍안제는 나상의 상업 활동의 금지를 명했고, 막대한 과징금을 물렸다. 그리고 나상과 연류되어 있던 관료 안긍(安肯)을 특별재판에 회부하여 총살형에 처했다.

　부패에 대해 단호한 의지를 보여주겠다는 목적이었다.

　홍안제는 석 달이 지나서야 나상의 거래 금지를 풀어주었으나, 이미 나상은 감당할 수 없는 부채를 지게 된 상황이었다.

　그나마 가지고 있던 신용과 신뢰마저 모두 잃은 나상은, 세훈의 측근이었던 오상복이 「동영주상행계(東瀛洲商行契)」로 시작한 지 242년 만인 1645년(홍안 6) 문을 닫고 말았다.

이제 한때 동서 무역의 황금기를 주도했던 상단은 역사의 저 너머로 사라지고, 그 흔적은 이미 100여 년 전에 독립하여 숙주를 근간으로 활동하고 있는 「인도고금상사(印度股金商社)」에서밖에 찾을 수 없게 되었다.

흥안제는 내심 이러한 숙정 활동으로 자신의 도덕성과 청렴성, 그리고 백성을 사랑하는 마음이 치켜세워지기를 기대하고 있었다.

그러나 오히려 이러한 흥안제의 행보는 민심을 터지기 직전으로 몰아넣고 있었다.

늘 민심이란 말은 여러 가지 의미를 지니게 마련이다. 보통은 이것을 백성의 마음이라 알고 있으나, 교육제도로부터 사실상 격리되어 있고 돌아가는 정세에 대해 능동적으로 파악하기가 힘든 빈농(貧農)들에게 있어서 황제의 정책이 가지는 함의는 그다지 크지 않았다.

오히려 흥안제가 기름을 붓고 불을 붙인 민심이란, 바로 중간 계층 이상의 그것이었다.

대한제국은 때때로 부침을 겪긴 했으나, 지난 200년간의 사회적 변전으로 인하여 상인·지주·직능인 등으로 이루어진 소위 중간 계층이 형성되어 있었다.

공식적인 신분제도는 혁파되어 있었지만, 여전히 남

아 있는 사회적 계층으로 보았을 때 이들은 몰락한 양
반들로부터 성공한 백정에 이르기까지 넓은 영역을 포
괄하는 집단이었다.

이들의 중요한 특징은 바로, 핏줄보다는 자금력이 그
계층의 판단 기준이 된다는 사실이었다.

사실 이들은 태정제 이래로 상업의 천시 풍조가 되살
아나고, 내지의 물품이 요동 및 진서 등과 경쟁에서 밀
림에 따라 상당히 피곤한 시절을 보내고 있었다.

이러한 가운데에서도 태정제가 이들의 미움을 사지
않았던 것이 신기할 정도였다.

그러나 그 아들 홍안제가 오히려 한술 더 뜨고 나오
자 이들의 불만은 이내 수면 위로 끓어오르기 시작했던
것이다.

나상의 몰락은 큰 충격을 이들에게 주었고, 자신들보
다 권력이 한층 위에 있는 귀족과 관료들이 사시나무
떨 듯이 황제의 명 앞에 쓰러져 나가는 것을 보고서는
정치에 대한 희망을 잃었다.

혹자는 요동으로 짐을 싸서 도망가기도 하고, 누구는
영주로 재산을 모두 들고 이민 가겠다고 하기도 했다.

그러나 내지에 남아서 살아가야 할 대부분의 사람들

에게 이것은 당면한 문제였다.

고을마다 「향약(鄕約)」이라 불리는 모임이 넓게 형성되기 시작한 것이 바로 이 때문이었다.

지방의 유지라는 뜻으로, 처음에는 상남에서 쓰이기 시작해 요동을 거쳐 수입된 신사(紳士)라는 단어로 불리는 중간 계급의 남성들은, 그 지역에서 강력한 영향력을 갖추고 있는 양반 및 귀족과 결탁해 이 향약의 이름 아래에 모여들었다.

이들은 단순히 이 향약을 통해서 사교 활동을 한 것이 아니라, 흥안제에 대한 반황제적인 의견들을 교환했다.

이러한 향약이 삼남을 중심으로 크게 전국적으로 확산되고 있었고, 황제는 뒤늦게 이를 탄압하려고 했으나 이미 때는 늦었다. 결정적으로 삼남의 진위대들이 황제에게서 돌아서기 시작한 것이 그 기폭제가 되었다.

영남과 호남의 귀족 및 신사들은 각기 자청하여 이 삼남 진위대들에 군자금을 대고 장교로 복무하기를 자청하여 입대했다.

강력한 의회주의자로 이제 이름이 널리 알려진 우암 송시열이 그 반란군의 지휘관으로 옹립되어 도성을 향해 시시각각 행진하기 시작했다.

황성부 조정에서, 흥안제는 서북의 진위대를 황성으로 불러 모으는 한편, 시위대로 하여금 한강에 결사의 방어진을 치고 무슨 일이 있어도 도강을 허락하지 말 것을 명했다.

이렇게 「근황당(勤皇黨)」과 「의회당(議會黨)」사이의 내전이 시작되었던 것이다.

1648년
흥안(興安) 9년 계동(季冬)
대한제국 황성부.

1646년(흥안 7), 송시열이 이끄는 의회당의 반란군이 황성부로 진격하면서 시작된 내전은 3년을 끌었다.

전국의 진위대가 근황당과 의회당으로 나뉘어져 싸웠다.

삼남(三南)의 신사들은 반란의 근원으로 강력한 의회주의를 지지하고 있었고, 대체적으로 경상도·전라도·충청도의 민심도 이를 따라 움직였다.

그에 반해 평안도와 황해도는 근황파의 근거지나 다

름없었다.

이 가운데에 놓인 황성은 여러 차례 점령군이 바뀌면서 사실상 수도로서의 기능이 정지되었다.

결국, 이 난전 끝에 의회파가 최종적으로 승기를 잡고 흥안제를 안주(安州)에서 붙잡아 황성부로 끌고 온 것은 1648년 겨울의 일이었다.

의회당의 중진들에 의해 섭정공(攝政公)으로 임시 추대된 송시열은, 이 전쟁의 뒷수습을 궁리하지 않을 수 없게 되었다.

아직까지 유교적 전통 질서가 살아 숨 쉬고 있는 제국에서, 황제의 처결 문제는 그 화두가 되지 않을 수 없었다.

흥안제는 사로잡았으나, 여전히 서북 지역을 중심으로 근황파의 강력한 반격이 지속적으로 이루어지고 있었기에, 언제까지고 황제에 대한 처분을 차일피일 미룰 수도 없었다.

고심을 거듭한 송시열은, 결국 흥안제를 재판정에 세우기로 결심했다.

그가 생각하기에 황제가 주장하는 천명(天命)받은 권리를 제약할 수 있는 것은 바로 법치(法治)밖에 없었다.

내전을 겪으면서 도학주의자에 가까웠던 송시열은, 법가(法家)의 통치를 이상적인 관점에서 바라보기 시작했고, 안정되고 강력한 국가를 구축하기 위해서는 주나라 제후들이 려왕(厲王)의 빈자리를 대신해 집정했던 공화(共和)의 이상과 나라를 법으로 통치하는 상앙(商鞅)의 형명학(刑名學)이 필요하다고 여겼다.

공화의 이상은 곧 의회제의 수립을 통해 이룩될 것이오, 상앙의 형명학은 사법의 개혁을 통해 달성될 터였다.

송시열은 그 첫 단계로, 황제에게 예속되어 있던 사법제도를 이용해 황제를 심판하고자 했다.

제국의 사법제도는 예전 서거정(徐居正)이 초석을 닦은 바에서 크게 달라지지 않았고, 오히려 황권의 강화로 인하여 그 역할과 의미가 크게 축소되어 있었다.

이러한 상황에서 재판정에 황제를 세운다는 것은 그 함축된 의미가 상당한 것일 수밖에 없었다.

본래 황성부의 제도법원(帝都法院)은 어전법원(御殿法院)의 이름이 고쳐진 것으로, 가장 상위의 특별한 재판인 국가·황실·조정·고위 관리·황족·귀족에 대한 심결을 담당하는 기구였다.

그러나 제도법원의 가장 중요한 기능은, 바로 반역죄를 심사하기 위해 열리는 특별 법정이었다.

송시열은 바로 이 특별 법정을 열어서 홍안제를 그 법정 위에 세웠다.

"가, 감히 어찌 짐을 이런 법정 위에 세울 수 있느냐! 특별법정이라는 것은 황제가 스스로 반역자를 심판하기 위해 열도록 되어 있는 것인데, 너희는 어찌 무슨 근거로 황제를 특별법정에 세운다는 말인가?"

수치스러움과 모욕감에 사로잡힌 홍안제는, 잔뜩 흥분해서 의회당의 반역자들을 향해 고래고래 소리를 질렀다.

그러나 황제가 앉을 자리에 대신 최고재판관의 자격으로 앉은 송시열은, 눈 하나 꿈뻑 하지 않고 재판을 속개(續開)했다.

"본디 역사를 상고하기에 황제가 부덕하여 반정이 일어나면, 그 면류관과 패옥을 빼앗고 먼 낙도에 위리안치시켰다가 사약을 내려 그 목숨을 거두는 것이 빈번하였는데, 이렇게 폐주를 스스로 변론하라 재판정에 세워 준 것부터가 은혜라고 하지 않을 수 없겠소?"

송시열의 지적은 날카로웠다.

그가 이 재판을 통해 의도하는 바는 분명했다. 대한제국의 어느 누구라도, 그것이 설사 황제라고 하더라도 법의 통치에서는 벗어날 수 없다는 것이었다.

강력한 법치국가가 의회의 합의에 의해 조율되는 것, 그것이 송시열이 생각하고 있는 이상국가의 전범이었다.

법의 차가움을 선비들의 덕으로 교화시키는 것. 그런 정치를 실현하기 위해서는 지금 홍안제가 추진했던 것과 같은 황제전제가 발목을 잡아서는 안 될 일이었다.

재판 내내 홍안제는 재판 자체가 근거가 없으며, 부당함을 주장했으나 이것은 받아들여지지 않았다.

보름간의 기나긴 재판 끝에, 홍안제는 사약형(死藥刑)을 받게 되었으며, 형이 집행되기 전에 그 종질(從姪)인 회군왕(懷群王) 승(舅)에게 선양(禪讓)을 하도록 했다.

홍안제는 끝까지 선양을 거부했고, 때문에 재판정에서는 강제로 황제의 옥새를 빼앗아 회군왕 승에게 이를 넘기고 황제로 옹립시켰다.

다음 날 바로 홍안제는 사약을 받고 죽었으니, 그 또한 시호가 추존되지 않았다.

허나 이 재판 과정을 두고 다시 의회당은 두 개의 파벌로 갈라졌다.

송시열 등을 주축으로 황권을 완전히 제약하고 의회의 우위를 공식화하자는 「의회파(議會派)」와, 전통적인 임승준식의 황권, 사법, 내각 사이의 분립 체계를 선호하는 「분립파(分立派)」로 나뉘었던 것이다.

전자인 의회파는 주로 상공인 계층 출신의 신사들이 주도하고 있었고, 분립파는 전통적인 귀족 및 관료를 배출하는 명문가들이 주도했다.

이를테면, 의회파는 급진적인 개혁주의자들이었으며, 분립파는 전통적인 보수주의자들이었던 것이다.

그러나 이들은 당면한 서북 지역의 근황파 잔당을 처리하는 동안은 서로 대립하지 않기로 약정을 맺었다.

겨우 마지막까지 서북에서 저항한 늙은 근황파 장수 임경업(林慶業)을 평양에서 총살하고 나서야 의회주의자들의 권력 지배는 확고해졌다.

송시열을 비롯한 의회당의 집권은 이내 요동의 지지를 받아냈고, 전통적으로 자유적인 기풍이 강한 진서에서는 이내 내지의 혁명에 동조하고 나섰다.

반면 북해와 영주의 보수주의자들은 이를 달가워하지

않았다. 그러나 무엇보다도 우선은 내지의 상황이 중요한 것이 당연한 노릇이다.

송시열은 공식적으로 섭정공의 자리에 올라 제국의 질서 개편을 주도하기 시작했다.

1650년 회군왕 승이 공식적으로 황제의 자리에 올랐고, 송시열은 새 황제가 즉위하자마자 「대권환봉장정(大權還封章程)」에 옥새를 찍게 만들었다.

이 문서의 요지는, 곧, 황제는 영세토록 국가 권력에 간섭을 하지 않을 것이며, 의회와 사법의 분립 및 그를 통한 나라의 통치를 인정하겠다는 것이었다.

기존의 추밀원(樞密院)이 부활되어 의회의 상원(上院)이 되었고, 매우 제한적인 선거를 통해 선출되는 하원(下院)으로 중의원(衆議院)이 구성되었다.

추밀원은 여전히 황족 및 작위 소지자로 그 구성이 엄격하게 규정되었고, 하원 또한 재산 5만 냥 이상의 상학(庠學) 이상 교육을 받은 30세 이상 남성으로 그 선거권이 제한되었다.

하원인 중의원의 의석은 총 90석에 불과했고, 황성부 10석과 각 도별로 10석이 할당되었다.

외지 영토는 의회에서 대표권을 가지지 못했다.

내지의 총 인구 2,950만 중에, 이때 선거권을 얻게 된 인구수는 겨우 1만 3천 명에 불과했다. 그러나 이마 저도 혁명적인 것은 확실했다.

세습직인 추밀원의 의원은 거의 분권파가 차지했고, 반대로 신사 계층의 지지를 받고 의회에 들어온 의회파 는 하원인 중의원에서 우위를 점했다.

송시열은 처음에는 분권파를 몰아내고 추밀원을 폐지 할 가능성도 고려했지만, 다시 두 번의 내전으로 치닫 는 것을 원치 않았기에 타협적인 정치를 실시하기로 방 향을 잡았다.

의회가 안정적으로 구성되자, 의회에서는 새로운 내 각(內閣)이 선출되었다.

송시열이 섭정공과 내각재상의 지위를 겸직하여 당분 간 과도 체제를 이끌도록 결정되었고, 각 부 대신은 의 회파와 분권파가 엇비슷하게 가져갔다.

새롭게 구성된 내각은 송시열의 지휘 아래에 의회제 국가의 초석을 닦기 위해 동분서주하며 매진했다.

이제 더 이상 황제가 국가 정치에 개입하는 일은 없 어야 한다는 확고한 이상을 가진 의회파와 황제가 그래 도 권력의 일부는 지니고 있어야 한다는 분권파 사이의 견해 차는 분명히 존재했으나, 적어도 안정된 의회 제도가 지금 뿌리를 내리지 않으면 앞으로 정치가 복잡해지리라는 데는 이들 모두의 의견이 일치하고 있었다.

다음으로 송시열이 착수한 것은, 제국을 굴러가게 할 두 바퀴의 나머지 한쪽인 사법제도였다.

기존의 《홍범(洪範)》을 대대적으로 수정하여 국가의 정체(政體)를 규정하는 내용을 담은 《대한국헌법(大韓國憲法)》을 의회가 제정했다.

이의 하위 법 체계로 기존의 모든 법령을 정리하고, 《경국대전》을 수정 반포했다.

이에 따라서 기존의 외지부라 불리던 일종의 변호사(辯護士)가 「대변인(大辯人)」이란 이름으로 공식적인 사법제도의 일부로 인정되었고, 소송 제도가 완전히 확립되기에 이르렀다.

기존에 법관을 양성하던 유일한 기관이었던 개성의 「육전학당(六典學堂)」은 「송도법학원(松都法學院)」이라는 이름으로 재편되었고, 이외에도 경내사학 및 진서대학 등에 법학을 가르쳐서 법리학거인의 학위를 받을 수 있도록 허가해 주었다.

그러나 이렇게 양성되는 법학자의 위계는 분명했는

데, 송도법학원이 그중에서도 가장 높은 위계를 차지한 것은 당연했다.

마지막으로 송시열은, 군부를 아예 황제가 손을 댈 수 없도록 내각에 종속시켜 버렸다. 심지어 군부대신은 전시 상황이 아닐 경우에 내각의 다른 대신들의 동의 없이는 꼼짝조차 할 수 없도록 만들어 버린 강경책이었다.

기존의 군부가 권력의 추에 따라 이리저리 움직이며 정치를 어지럽게 만든 주요 원인이 되었다고 송시열과 의회파 의원들은 생각하고 있었다.

대신 군대의 권익은 여전히 분권파 의원들에 의해 옹호되고 있었는데, 이들은 발언권을 사실상 상실한 군부를 대신하여 군대의 이득을 지켜주었다.

나라의 안존 자체를 위험하게 할 수 있다는 이유로 군대에 대한 예산 삭감 및 병력 축소 등의 강경책은 결국 동원되지 않았다.

"이제 정치가 안정되었으니, 검열 제도 및 신보의 발행에 대한 금지 처분 등을 풀어서 자유롭게 언로를 터야 하지 않겠습니까?"

어느 정도 국내 정치가 안정되어 가자, 의회파 의원

들은 점차 언로를 틀 것을 주장하며 송시열을 압박해 들어오기 시작했다.

그러나 송시열은 이 점에 있어서는 의회파와 의견을 달리하고 분권파와 이해를 함께하고 있었다.

자신의 이상적 국가에 대해 확실한 신념이 있었던 송시열은, 국가의 단합을 해칠 수도 있는 신보의 발행이나 출판의 자유 등을 용납할 생각이 전혀 없었다.

황제가 이를 시행할 경우에는 죽어 마땅하나, 자신이 이를 시행한다면 나라를 위한 것이라는 기괴한 논리임에 분명했으나, 적어도 급작스러운 자유를 주는 것에 반대하는 의원들은 그 숫자가 많았다.

특히 상원인 추밀원의 절대적인 지지를 얻어, 송시열은 이 검열 제도를 유지할 것을 법령에 삽입했고, 의회파 의원 몇몇은 이에 반대하여 의석을 내놓고 낙향해 버리는 소동이 벌어지기까지 했다.

반대로 경제적인 측면에 있어서는 중상주의(重商主義)를 전면에 내세우고 송시열 내각은 국가 경제의 전면적인 개편에 착수했다.

이들은 수입품에 대해 관세를 4할까지 높이는 극단적인 보호 무역을 시행했고, 이를 통해 내지의 상공업자들을 보호하고자 했다.

이들이 자신들의 주요 지지 기반이었기에, 이들의 입맛에 맞는 정책을 취해줄 필요가 있었던 것이다.

더불어 이제 국내 시장이라기보다는 주요 경쟁자가 되어 버린 요동에 대해서도 관세를 물리는 조치를 취했는데, 요동국의 반발에도 불구하고 송시열은 확고하게 이것을 밀어붙였다.

요동의 질 좋은 제조품이 자꾸 압록강을 건너 내지로 들어와 팔리면, 쇠퇴기에 접어들고 있는 내지의 제조업이 회복하는 것이 불가능하다는 논리였다.

더불어 송시열 내각은, 요동의 「왕립요동은행」을 본따서 본격적인 중앙은행이라고 할 수 있는 「제국은행」을 1657년에 세우고, 기존의 통보를 폐기한 뒤 요동을 뒤쫓아 화폐제도를 금은복본위제로 바꾸고, 금화를 원(圓), 은화를 냥(兩), 동화를 전(錢)으로 하는 통화를 1560년에 출범시켰다.

이렇게 거의 10년에 걸친 개혁 작업이 끝나갈 무렵, 송시열은 퇴진 압력을 받게 되었다.

과도기가 끝나고 의회정치가 확립되었으니, 송시열이 독재적 권력을 반납해야 한다는 목소리는 의회파나 분권파나 할 것 없이 의회 전체에서 높았다.

군대를 장악하고 의회를 폐쇄할 의지까지 보였던 송시열이었으나, 결국 섭정공의 인을 반납하고 작위를 받아 상원의원으로 들어가는 것으로 타협을 보았다.

그러나 적어도 그의 개인적인 권력욕과 무관하게, 이 의회정치의 확립을 주도했던 그의 사상은 큰 반향을 일으켰고, 속된 말로 송자(宋子)라고까지 불리며 대한제국 정치사상사에 큰 획을 그었다.

그가 입안한 의회와 사법제도의 두 바퀴로 굴러가는 정치 체제는 후대로도 여러 정치가들에 의해 보안되게 된다.

이백 년에 걸친 황권과 신권과의 싸움은, 결국 신권의 승리로, 그리고 다시 권력의 분산으로 이어져 갔던 것이다.

1656년
태화(泰和) 6년 계동(季冬)
대한제국 황성부.

제국이 정치적 소용돌이에 휘말려 있는 동안, 중국에

서도 역사의 톱니바퀴가 움직이기 시작하고 있었다.

그간 명나라는 가장 거대한 은둔의 제국으로, 주변 국가 및 포르투갈 등과의 지엽적인 교류를 제외하고는 완전히 나라의 문을 걸어 잠그고 있었다.

거대한 국토는 지대박물(地大博物)이라는 말에서 보듯이, 명나라의 땅은 넓고 생산되지 않는 물건이 없으니, 오랑캐 나라들과 구태여 교역하고 관계를 맺을 필요가 없다는 생각을 위정자들에게 심어주었다.

비록 장거정이 정권을 잡은 당시, 제한적인 개혁을 시도하였으나 이는 곧 실패로 돌아갔고, 무능한 황제들이 연이어 집권하고 환관 정치에 휘둘린 명조(明朝)는 이제 그 죽음을 피해갈 수 없게 되었다.

어린 나이에 대명(大明)의 황제에 오른 신종(神宗) 만력제의 통치 초기에 그를 보좌했던 것은 명재상 장거정이었다.

요동에서 돈을 꾸어 오기까지 하면서 그는 양세법(兩稅法)과 일조편법(一條鞭法) 등을 시행하여 정부의 재정을 호전시키고, 그의 정치적 역량 하에 내외 정세를 안정시켰다.

허나 1582년 장거정이 죽고, 친정(親政)이 시작됨

과 동시에 만력제는 기행을 일삼기 시작했다.

무리한 토목공사와 사치를 일삼고, 내궁에 틀어박혀서 칩거한 채 국사에는 전혀 관심을 보이지 않았다.

다만 자신의 사치와 명예를 유지하는 일에는 지나칠 만큼 민감해, 광감(鑛監)과 세감(稅監)이라 불리는 환관 출신의 세리들을 전국에 보내 사치에 필요한 자금을 조달케 했다.

이는 곧 광감과 세감이 전국에서 부패를 자행하도록 길을 열어준 것이나 다름없었다.

이들의 횡포가 날이 갈수록 심해짐에 따라 국사는 돌보지 않고 고혈만 빼먹는 황제에 대한 불만이 극도에 달했고, 영하(寧夏)와 귀주(貴州) 등지에서 민란이 일어나기에 이르렀다.

만력제는 단호하게 이 반란들을 진압하고, 엄청난 양의 자금을 동원해 토목공사를 더 크게 벌였다.

이런 가운데 명나라 내부에서는 태자 승계 문제로 다툼이 일어나, 소위 동림파(東林派)와 비동림파로 나뉘어 파벌 싸움이 격화되기에 이르렀다.

환관 정치 또한 발호하여 그 심각성이 이루 말할 수 없게 되었을 뿐만 아니라, 명나라 내부의 산업이 완전히 정체됨에 따라 제조업을 일으키고 있는 인근 국가, 즉 요동·한국·일본 등지로의 국부의 유출 또한 심각한 상태에 다다랐다.

이런 와중에 암군(暗君) 만력은 드디어 1620년 숨을 거두었으나, 그 뒤를 이은 태창제(泰昌帝) 또한 한 달만에 아버지의 뒤를 이어 세상을 떠나고 말았다.

만력제의 손자이자 태창제의 아들인 희종 천계제(天啓帝)가 그 뒤를 이어 즉위했으나, 그 7년 치세 동안 환관 위충현(魏忠賢)의 전횡은 극에 달했다.

천계제의 치세는 명실공히 명이 더 이상 버틸 수 없는 지경까지 이르렀다는 것을 우둔한 이들조차 알 수밖에 없게 만들었다.

갈수록 반란이 줄지어 일어나고, 민생이 파탄에 이른 이 때에, 천계제가 죽고 그 동생이 제위를 이어 연호를 숭정(崇禎)이라 했다.

그는 위충현의 세력을 몰아내고, 관리 등용에 다시 엄정을 기하려는 등 죽어가는 왕조를 되살리기 위해 노력을 다하였으나, 이미 때늦은 일이 되었다.

대륙에는 가공할 만한 한발(旱魃)과 병충해가 도래하여 수습이 가능하지 않을 정도로 창궐하고 있었다. 도처에는 기민이 늘어나고 아사한 시체가 길마다 늘어서 비참하기 짝이 없는 지경이었다.

이 와중에 팔대왕(八代王) 장헌충, 틈왕(闖王) 고영상 등의 농민 출신 군벌이 일어나 전국을 휘저으며 황제를 압박해 오기 시작했다.

고영상은 명 관군에 의해 사지가 찢겨 죽었으나, 그 세력은 고스란히 그 생질(甥姪) 이자성이 물려받아 더욱 크게 만들었다.

결국 1644년, 이자성은 서안(西安)에서 나라를 세워 순(順)이라 이름 하고 스스로를 황제로 칭했다.

이 당시 숭정제가 주도한 개혁 정치의 일환으로, 남경에서 다시 북경으로 도읍을 옮겼던 명 조정은, 개혁 정국이 실패로 돌아감에 따라 극렬한 궁정 내 암투가 벌어지고 있었다.

이자성은 이를 이용해 손쉽게 북경에 입성했고, 숭정제는 결국 몸을 피하지 못하고 스스로 목을 매 숨을 거두고 말았다.

당시 요동과의 국경을 책임지고 북경의 지근거리에 주둔하고 있던 오삼계(吳三桂)는 아버지 오양(吳襄)의 권유를 받아 이자성의 순왕조에 입조를 결심하고 북경에 들어섰다.

그러나 이자성과 그 휘하들의 실태는 말이 아니었다. 실제 이들은 화북 일부만을 군사적으로 통제하고 있을 뿐이었고, 지방에서는 난세를 틈타 군벌들이 기회를 잡아 제각기 발흥하고 있었다.

이자성에게 실망을 금치 못했던 오삼계는, 심지어 이자성 본인조차도 오삼계에게 입조를 적극적으로 권유하지 않자, 자기가 이끌고 있는 휘하의 군사를 이끌고 남쪽으로 내려갔다.

이자성이 북경을 함락시키고, 오삼계는 서촉(西蜀) 방향으로 진군해 내려간 이때, 남경에서는 명 황족 주유숭(朱由崧)이 봉양총독(鳳陽總督) 마사영(馬士英)에게 옹립되었다.

처음에 주유숭은 감국(監國)을 칭하며, 사실상의 명나라 임시 정권을 이끌었으나, 북경의 황실이 무너졌음이 확실시되자 연호를 「홍광(弘光)」이라 하고 황제의 자리에 즉위했다.

여기에 예전 정권 다툼에서 밀려났던 원대월(院大鉞) 등의 명나라 신료들이 다시 참여하여, 북경의 정치를 그대로 옮겨온 듯한 정쟁을 되풀이했다.

1650년대로 접어들어서도 회수(淮水)를 그 경계로 한 순왕조와 남명 정권 사이의 교착 상태는 크게 달라지지 않았다.

　화북을 거의 평정한 이자성의 순군(順軍)은 북경(北京)에서 옛 송나라의 도읍이었던 개봉(開封)으로 수도를 옮기고 남쪽 경략을 위한 기반 다지기에 들어갔다.

　오삼계의 군대는 서안(西安)에서 머물며 순나라의 동향에 촉각을 곤두세우고 있었다.

　그는 형식적으로는 남명 정권의 신하를 자처하고 있었으나, 사실상 서부 지역을 중심으로 독자적인 영역 구축에 들어가고 있었다.

　이런 와중에 복건(福建)성에는 정지룡(鄭芝龍)이란 이름의 걸출한 상인이면서 동시에 해적이었던 전략가가 나타났다.

　그는 해안 지대에서 어느 세력에도 속하지 않은 독자적인 영역 구축에 나서고 있었다.

　이때 홍광제 주유숭의 남명 정권은 순군이 회수를 넘어 압박해 오자 남경을 버리고 상강(湘江) 유역의 장사(長沙)로 도망쳐 탄경(曋京)이라 그 이름을 고쳤다.

　이 빈틈을 타, 정지룡은 경계무(耿繼茂)와 연합 정권

을 구성하여 남경을 점령하고 동남해안 지대를 석권했다.

갈수록 추동력을 잃고 있던 이자성의 순은 더 이상 남쪽으로 진군할 수 없는 형편이 되었고, 서안에서 근거지를 옮겨 사천으로 들어간 오삼계는 복명 세력과 유적(流賊)들을 소탕하며 사천을 장악하는 일에 매진했다.

그는 스스로를 평서왕(平西王)이라 칭하며 남명 정권의 요구를 더 이상 듣지 않았고, 오히려 장사의 탄경 정부를 압박하기도 했다.

이렇게 1644년의 북경 함락으로부터 10년 남짓한 사이, 대륙은 사분오열되고 말았다.

개봉을 중심으로 이자성의 순(順)은 화북에 자리 잡았고, 사천에는 이자성의 주(周)나라가 세워졌다.

여전히 명왕조는 양자강 중류를 중심으로 명맥을 유지하고 있었으나, 사실상 강남(江南)의 대부분은 정지룡이 세운 양(梁)왕조의 손에 떨어졌다.

이 과정에서 정지룡과 결탁했었던 경계무는 이에 반발해 광동으로 들어가 월(粵)나라를 세웠다.

순식간에 무너진 명의 빈자리를 벌 떼처럼 일어난 군

벌들이 이렇게 제각기 나라를 세우고 매웠으나, 일시적인 분할은 곧 또 다른 싸움을 예견하는 것이었다.

화북을 차지하고 앉은 순나라는 농민 반란에서 근원한 한계 때문에 본격적인 추동력을 얻기 힘들었다.

황제를 자칭한 이자성을 비롯한 순의 수뇌부는 대부분 교육을 거의 받지 못했었고, 때문에 반란의 와중에서 얻어진 야전 지식만으로는 통일을 향한 확장 정책을 추구하는 것이 힘들었다.

군문에서 잔뼈가 굵은 주나라의 오삼계나, 강남에서 확고한 세력을 구축한 양나라의 정지룡에게 반격을 당하기 시작하면서, 순은 지금 획득한 영토라도 지켜내기 위해서 확전을 그만두고 내부적 결속을 다지는 수순을 밟을 수밖에 없었다.

이 와중에 끊어지기 직전의 숨통을 겨우 튼 것은, 탄경(옛 장사)에 자리한 남명이었다.

북으로는 순, 동으로는 양, 남으로는 월, 서로는 주나라와 사방을 마주하게 된 남명은, 서로가 서로를 견제하여 꼼짝할 수 없는 지정학적 요인으로 구사일생으로 살아남을 수 있었던 것이다.

그러나 그 탄경 조정이 앞으로 백 년을 버티지 못하

리라는 사실은 자신들조차 잘 알고 있었다.

대륙은 이제 오호십육국(五胡十六國)과 오대십국(五代十國)에 버금가는 할거의 시대로 접어들게 되었다.

진한(秦漢)의 통일왕조가 무너진 뒤, 삼국(三國)의 난세가 찾아왔고, 서진(西晉)이 무너진 뒤에는 오호십육국의 혼란이 도래했었다.

이 뒤로 수당(隋唐)이 몰락하고 난 자리에는 오대십국의 군웅이 병립(並立)했었다. 송(宋) 또한 천하를 홀로 가지지 못하고 요금(遼金)과 남북을 나누었으니, 그 뒤로 찾아온 원명(元明)의 통일왕조도 성쇠의 흐름에 따라 자연히 몰락하고, 난세가 찾아오게 된 것이었다.

이렇게 제각기 난립한 왕조들은 그 정통성이 매우 취약하기 그지없었다. 더군다나 아무도 통일을 달성하지 못했기에, 주변의 이웃 세력과의 경쟁에도 신경 쓰지 않을 수 없었다.

이 민감한 세태의 냄새를 맡고 일찌감치 움직이기 시작한 것은 양의 정지룡이었다. 그는 공식적으로 황제의 자리에 오르지 않고, 남경의 탄경 정부를 구슬려 양왕(梁王)의 칭호로 일단은 만족했다.

스스로 정당성을 구할 수 없으면, 그나마 명분을 가

지고 있는 명나라 황실에서 그것을 얻어오는 것이 좋은 방법이었다.

이 방법은 꽤나 먹혀들었고, 사실상 양왕 정지룡은 탄경 조정에서부터 아무런 지시를 받지 않고 독립국가를 이루고 있으면서도, 강남의 유사들과 복명(復明)운동을 지지하는 계층으로부터 신임을 살 수 있었던 것이다.

그러나 이러한 체제가 오래갈 수 없음은 정지룡 또한 잘 알고 있었다.

시대의 흐름에 따라 탄경의 남명 정권도 더 이상 버티지 못하고 무너질 것이고, 만약 그때까지 양나라가 살아남아 있다면 자연스레 제 갈 길을 가게 될 터였다.

그러나 지금과 같은 혼란기에 정치적 무리수를 두는 것은 좋지 않았다.

정치적 정당성을 획득한 다음, 양왕 정지룡이 손을 대기 시작한 것은 가장 부유하고 풍요로운 강남(江南)을 손에 넣은 이점을 살리는 것이었다.

그는 순을 자극하지 않기 위해 그동안 봉쇄했던 대운하의 수운을 살려서 순왕조에게 강남에서 생산된 넉넉한 곡식을 수출했다.

순에게 있어서는 이 강남의 곡식은 반드시 확보해야 할 필요가 있었고, 양나라와 전쟁까지 불사하려던 차에 정지룡이 한발 물러서 곡식을 팔기 시작함에 따라 내부 문제로 다시 침잠해 들어갔다.

이렇게 북방을 안정시킨 정지룡은, 아들 정성공(鄭成功)을 도독동지(都督同知)로 임명해 항주(杭州)에 부임시켰다.

항주는 명 말의 혼란한 와중에 온전히 살아남은 도시였고, 항구를 배경으로 무역을 하기 좋은 조건을 갖추고 있었다.

부친 정지룡의 명을 받든 정성공은, 이곳에서 전면적으로 해금령(海禁令)을 해제하고 상업 활동을 권장하기 시작했다.

그는 대만(臺灣)을 양분하고 있는 네덜란드와 유구국(琉球國)에 접선해 이들의 무역선을 항주로 끌어들였다. 그 다음은 진서와 한국 내지 상인의 순서로 항주의 무역로를 개방했다.

정성공은 기본적으로 그 아버지와 마찬가지로 상인 출신이었고, 무조건적인 개방은 곧 상업의 자생력을 빼앗는다는 사실을 잘 알고 있었다.

때문에 무역은 자유롭게 하도록 허하되 수입 물품에는 높은 관세를 물리는 정책을 채택했다.

이러한 정책은 처음에 요동왕 김윤이 40여 년 전에 처음 도입한 이래, 내지의 송시열 내각이 그 뒤를 이어 채택하고 있었다.

이러한 보호무역주의는 그 효과가 이미 검증되고 있었다.

대내적인 중상주의와 맞물린 이러한 자국 산업의 보호 정책은, 상업 및 제조업의 촉진을 위해서는 당연시되고 있었다.

실제로 이러한 정책을 일찌감치 채택한 요동 및 유럽의 영불 연합 등에서는 적잖은 재미를 보고 있는 것이 사실이었다.

여기에 한국 내지가 뒤늦게 가세했고, 그 뒤를 아라곤 및 카스티야 등이 뒤쫓아 고관세와 무역 장벽을 특징으로 하는 보호 무역을 실시하기 시작했던 것이다.

정성공은 양(梁)나라를 중원의 다른 왕조들에 비해 특별하게 만들기 위해서는 이러한 경세치국(經世治國)의 기술이 필요하다는 것을 절감하고 있었다.

이러한 정성공의 생각을 사상적으로 뒷받침해 준 것

은 당시 거유(巨儒)로 이름을 떨치고 있던 황종희(黃宗羲)였다.

황종희의 자는 태충(太沖), 호는 남뢰(南雷)로, 본래 절강성(浙江省) 여요(余姚) 사람이었다.

부친 황존소(黃尊素)는 명말 동림당의 주요한 일원이었던 까닭에, 1626년 위충현(魏忠賢)의 탄압을 받아 옥사했었다.

이러한 어지러운 정국에서 아버지의 죽음 이후 가까스로 몸을 건진 황종희는 고향으로 낙향했고, 그곳에서 허가 없이 몰래 도항하여 진서로 유학길에 올랐다.

그는 박주에 막 세워져서 한참 학문적인 빛을 발하기 시작하고 있는 「진서대학」에 가명으로 입학하게 되었다.

이 과정에서 진서를 오가며 밀무역을 하고 있던 정지룡이 그를 알게 되어 학비를 대주면서 황종희는 정씨 일가와 인연을 맺게 되었다.

그는 이곳에서 바르토뮤 카르세레스 · 귤강조 · 조시진 등의 진서대학 학유들에게 가르침을 사사받았다.

이곳에서 5년간의 공부를 마친 뒤, 다시 명으로 밀입국하여 돌아온 황종희는, 당대 최고의 양명학자(陽明學

者)로 알려진 유종주(劉宗周)에게 가르침을 한동안 받았다.

그러나 황종희는 스스로를 관념에 치우친 양명학자로 여기지도 않았고, 그렇다고 진서에서 유행하는 서학풍의 격물학을 하는 사람으로 여기지 않았다.

이러한 독특한 정체성은, 그로 하여금 남들이 생각하지 않는 방향으로 학문을 이끌어 가도록 만들었다.

이렇게 고향에서 공부에 정진하고 있던 차에, 명나라가 무너지는 거대한 혼란이 발생했다. 고향인 절강성을 장악하고 양나라를 일으킨 것이 때마침 정지룡이었고, 그로부터 입조를 권유받은 황종희는 망설임 없이 그의 군문으로 들어섰다.

"앞으로 나라를 곧바르게 다스리기 위해서는 기존의 허름한 명분론과 천하론을 버리고, 사해로 나아가 분투를 하지 않으면 아니 될 일입니다. 이미 요동과 한국이 날개를 펼치고 앞서 나아가고 있으며, 일본이 그 뒤를 쫓기 시작하였는데, 그동안 명나라는 잠에서 깨어나지 못해 오늘의 파국을 맞이하게 되었습니다. 부디 이를 유념하시어 나라를 좋은 길로 이끌어 가셔야 합니다."

황종희는 항주에서 앞으로 양나라를 이어받게 될 세

자 정성공의 머리 노릇을 했다.

그는 정성공에게 끊임없이 조언을 하며, 그가 왕재(王才)가 될 수 있도록 채찍질했다.

이 과정에서 그는 그가 생각하는 바를 항주를 중심으로 모여든 젊은이들에게 가르치기 시작했고, 이른바「절동학파(浙東學派)」라 불리기 시작했다.

황종희는 이에 그치지 않고 진서에서의 유학 경험으로 교육의 중요성을 간파하여, 정지룡, 정성공 부자를 끈질기게 설득한 끝에 항주에 대학을 세웠다.

교명은 《상서(尙書)》의 「해와 달의 빛나는 기운이 날마다 서릴지라(日月光華旦復旦兮)」라는 구절에서 가져와 「복단대학당(復旦大學堂)」이라 이름 했다.

황종희는 정지룡과 정성공 부자의 지원을 받아, 이렇듯 그 자신이 생각했던 개혁정책을 양나라의 국정에 투사하려 했다.

그러나 이들은 곧 자금난에 부딪힐 수밖에 없었고, 이 외에도 인재의 부족에 직면하지 않을 수 없었다.

황종희가 바다를 건너 한국의 황성부로 보내진 것 또한 그런 난국을 타개하기 위해서였다.

"원래 동국과 강남은 우의가 두터운 땅이라, 예로부

터 고려와 송나라는 지음의 관계였소. 지금에 이르러 다시 그 옛정을 살리고자 이렇듯 바다를 건너오셨으니 어찌 반기지 않겠소."

그렇잖아도, 격변하는 중국 정세에 대하여 민감하게 후각을 기울이고 있던 송시열을 비롯한 내각의 수뇌들은, 양나라에서 가장 먼저 국정을 수습하고 사절을 보내왔다는 소식에 황성부로 바삐 불러 맞아들였다.

섭정공과 내각재상에서 물러났지만, 여전히 상원인 추밀원의 의장격이라 할 수 있는 추밀사(樞密使)의 자리를 송시열은 지니고 있었다.

내각의 재상 자리가 궐석인 상태에서 그가 사실상 재상의 신분으로 황종희를 맞아들이게 된 것이다.

"이렇듯 호의를 보여주시니 정말로 감격스럽기 그지없습니다."

경복궁 앞 의정대로에서 황종희를 반기는 의전을 베풀어 주러 나왔던 송시열은, 황종희의 입에서 유창하게 흘러나오는 조선말에 적잖이 놀랐다.

"우리말을 하실 줄 아십니까? 깜짝 놀랐습니다그려."

"실은 소싯적에 밀항하여 진서대학에서 유학을 했었

습니다."

배포 좋게 껄껄 웃는 황종희의 여유에, 송시열은 감탄을 숨기지 않았다.

분명히 무언가 부탁할 것이 있어서 이 먼 길을 찾아왔을 텐데도 불구하고, 그 죽지 않는 기개가 마음에 들었던 탓이다.

"여흥을 준비해 두었으니, 천천히 머물며 즐기도록 하시지요. 진미와 좋은 술을 황상 폐하께서 직접 하사하시어 경복궁 경회루에 연회를 열도록 하셨습니다."

송시열의 말에 황종희의 얼굴에 잠시 답답한 기색이 스쳐 지나갔다. 그는 이내 안색을 굳히고 송시열의 얼굴을 마주보았다.

"송 공. 저는 백척간두에 처한 나라를 구하기 위해 이곳에 온 것이지, 술잔을 기울이며 세월을 읊조리러 온 것이 아닙니다. 귀국의 황제 폐하께서 직접 주연을 베푸셨으니 혹여 예가 아닌 일이 될까 두려워 오늘 정성껏 사모관대를 갖추고 주연에 참례하겠사오나, 부디 이와 같은 일은 오늘 하루로 족하게 하여 주십시오."

심각한 얼굴로 황종희가 말하자, 송시열은 그만 말문이 턱하고 막히고 말았다.

내심 그가 오기까지 얕잡아 보는 마음도 없잖아 있었
다. 다 무너져 가는 명나라의 한쪽 구석에서 나라를 세
웠다고 하나, 그 나라의 군주든 신하든 뭐 대단할 것이
있겠느냐는 심보였다.

송시열은 그만 자신도 모르게 그런 생각을 하고 황종
희를 맞아 들였던 것을 돌이켜보고 반성하지 않을 수
없었다.

그러나 황종희를 직접 마주하자 그 기개에 감탄한 것
은 물론이거니와, 그 인품에 반하지 않을 수 없었다.

당초 송시열은 그에게 몇 번 연회를 베풀어주고 적당
히 패물을 쥐어 다시 강남으로 돌려보내려 했었다. 그
러나 정말 나라를 생각해서 이곳까지 달려온 진심이 그
에게도 절절이 느껴졌다.

송시열은 공손한 품을 잡고 황종희에게 사과의 뜻을
전했다.

"귀공의 뜻을 헤아리지 못해 무리한 일을 권하였소.
내 불찰을 용서하시오."

황종희는 아니라는 듯 고개를 저었다.

"그간 송 공께서 걸어오신 행적을 흠모해 마지않았습
니다. 스승과 같은 분이 이렇게 고개를 숙이시면 몸 둘

바를 모르겠습니다."

황종희의 말 또한 허튼.것은 아니었다.

그는 진서대학에서 유학하던 당시, 한국의 정치 체계를 깊게 연구하였고, 이 과정에서 전제정치에 비판적인 시각을 갖게 되었다.

김세훈이 닦아 놓은 한국의 황권의 견제 장치는 때로는 무뎌지고, 전제정권의 손에 휘둘리기도 하였으나, 그는 그 제도가 세월의 힘에 무너지지 않고 더욱 강성해져, 송시열과 같은 이들에 의해 혁명적으로 의회정부가 들어서는 것을 목도할 수 있었다.

같은 시기에 황제의 독단적인 전제정이 그 제 구실을 못하고 처참하게 명나라가 무너지는 것을 목격한 황종희는, 일찌감치 《명이대방록(明夷待訪錄)》이라는 책을 저술하여 기존의 정치 체계를 통렬하게 비판하고, 민의(民意)에 근간을 두고 이를 적절히 국가를 운용하는 제도에 반영하여 나라를 통치할 것을 주장했다.

이러한 황종희에게 있어서, 그가 생각하는 민의 중용의 정치를 현실에서 일으켰다고 여겨지는 이가 바로 송시열이었다.

그러니 황종희에게 있어서 송시열은 일종의 사상적

스승이요, 그가 가고자 하는 길을 먼저 걸은 동지였던 것이다.

다만 황종희는 방법적 측면에서 송시열과 같은 반정 (反正)을 일으키기 보다는 그가 섬기는 양왕부 정씨 일가를 덕치의 길로 교화(教化)하여 자연스럽게 성세를 구가한다는 온건적인 입장에 서 있기는 했다.

어찌 되었든, 이렇게 서로를 알아본 두 사람은, 그 뒤로 허심탄회하게 이야기를 나누며 국가의 방략(方略) 을 논하기 시작했다.

비록 절차적으로 의회에 가부를 물어 양나라에 보낼 차관의 규모를 결정해야 했으나, 송시열은 황종희를 진심으로 도와줄 것을 약속했다.

송시열의 도움을 받아, 황종희는 제국통보 금화 70 만원이라는 전례 없는 규모의 차관을 제국은행으로부터 10년에 걸쳐 7만원씩 받기로 하는 의회의 결의를 이끌어낼 수 있었다.

그 이율도 상당히 낮았다.

이 정도 규모의 차관을 저리로 해주는 조건은 양나라에 입항하는 한국 내지 선적의 상인들에게 그 수출입 관세를 낮춰주는 조건이었다.

여기에는 요동 및 진서의 상인들은 포함되지 않았다.

이렇게 내지로부터 양나라로 흘러들어 간 자금은 강남 부흥의 초석을 닦기에 충분한 것이었다.

이 자금을 바탕으로, 양나라 조정은 황종희의 절동학파가 주장하는 실학(實學)을 가르치는 학교를 전국적으로 세우고, 원양 항해가 가능한 조선 기술을 전수해 줄 기술자를 유럽에서 초빙하고, 북방의 순나라 및 광동의 월나라에 비해 우세한 전력을 확보하고자 노력했다.

이러한 시도는 어느 정도 성과가 있었고, 항주, 천주(泉州), 남경 등을 중심으로 선대제수공업의 등장 및 유통망의 확충이 이루어지기 시작했다.

이러한 사회적 성과를 바탕으로 양나라는 명나라의 잔재 위로 떠오른 오국(五國) 중에서 가장 먼저 안정화되기 시작했다.

황종희는 이러한 과정에서 양의 재상(宰相)으로 활약했고, 결국 그 생애 중에 결실을 보지는 못했으나 양나라에 한국식 의회제를 도입하고자 노력을 했었다.

그는 또한 정치 중에서도 특히 민생을 돌보는 기술을 학문적으로 확립하는 데 심혈을 기울였다.

세상을 다스리고 백성을 구한다는 뜻의 《장자》의

「경세제민(經世濟民)」이란 구절에서 따와 이를 「경제학(經濟學)」이라 명명하고, 이에 대해 매우 선험(先驗)적인 가설 몇 가지를 남겼다.

그 자체는 조야하기 매우 그지없어 당대에 꼴을 충분히 갖추지는 못했지만, 황종희의 제자들로 이루어진 복단대학을 그 축으로 하는 절동학파는, 이후 동방에서 자생적 경제학의 씨앗을 틔우게 된다.

1660년
태화(泰和) 10년 맹춘(孟春)
대한제국 경상도 대구부.

밤새 눈이 쌓인 모양이었다.

신경석은 빗자루를 가져다가 발목만큼 쌓인 눈을 치우고 있었다.

한참 눈을 치우고 있는데, 문득 울타리 틈으로 대가릴 들이민 검은 괭이랑 눈이 마주쳤다.

놈이 퀭한 눈동자로 노려보는 것이 여간 마음에 들지 않았다.

빗으로 한 대 후려칠까 싶어 가까이 다가가니 놈의

눈빛이 그새 처연하게 바뀌었다.

밤새 부엌이라도 도둑질할 요량으로 눈길을 헤치고 왔다가 그만 싸리로 엮어 놓은 울타리에 머리가 걸려 버린 모양이었다.

몸을 낮춰 놈에게 위압을 줘도 놈은 어지간해서 눈을 돌리지 않는다.

'제까짓 게. 괭이라는 것이 요물이라니까.'

설부터 까치라는 녀석은 날아들지 않고 이런 놈이 걸려들었으니 느낌이 좋지 않았다.

신경석은 그놈을 잡아다가 두들겨 버릴 요량으로 목덜미를 팍 쥐었다가, 괜한 기분에 조심스레 놈의 몸을 빼다가 놓아줘 버렸다.

제 몸이 울타리에서 풀려난 걸 알았는지 놈은 재빠르게 훌쩍, 장독대를 뛰어올라 금방 사라졌다.

"정초부터 재수 없긴."

불평해 봐야, 놈은 이미 멀리 달아난 뒤였다.

괭이 따위는 빨리 잊어버리는 것이 좋았다.

오늘은 설이라 할 일이 많았다.

마당의 눈을 쓸어내고 나서, 꽁보리밥에다 간장으로 아침을 때우고서는 읍내에 나갈 요량으로 채비를 시작했다.

누덕누덕 기워진 것이긴 하나 두툼한 솜옷도 대어 입고, 눈이 쌓였으니 짚신은 치워놓고 나막신을 신고 나가야 할 터였다.

땔감을 팔고 올 셈이니 지게에 질 것도 많았다.

땔감 판돈으로 간고등어라도 사서 먹을 요량이었다.

반 정도는 첨지 어른 댁에 갖다드릴까 생각도 해 보았다.

새해니 문안도 드릴 겸, 올 한 해도 땅을 잘 부탁드립사하고 얼굴이라도 비춰야 할 듯했다.

그러나 그것보다도 중요한 일이 하나 더 있었다.

위패는 모시지 못해도 설이니 차사(茶祀)는 올려야 했다.

차사라는 것은 곧 차례를 말하는 것으로, 신분 있는 집에서는 사당에다가 온 일족이 모여 크게 그믐날 밤에 제사를 올리고 설날 아침에 또 한 번 큰 상을 차려 제사를 모시곤 하지만, 소작농 신분에야 떡국에 꽁보리밥이 올라간 상이 전부였다.

아무리 상놈이라 해도 제대로 된 집에서는 진설하는 제물 수도 꽤 되고, 위패는 모시지 못하더라도 헌작(獻

酌)은 하는 모양이지만, 홀몸인 신경석에게는 모든 일이 부담이었다.

그나마 제사상을 올리는 것도 설과 부친의 기일 뿐이었다.

갈 길이 급한지라 얼른 재배를 올리고 젯밥을 아침 삼아 먹고 나서 신경석은 서둘러 길을 나섰다.

신경석(申經石)은 이번 설을 쇠면 열일곱이었다.

아버지는 상주 출신 석수장이로, 예천, 안동, 봉화 같은 양반이 많다는 예향(禮鄕)을 두루 떠돌며 이름 있는 선비들 묏자리 묘석을 세우는 일을 도맡아 하던 사람이었다.

젊은 시절에는 꽤나 그 솜씨가 좋았던 모양이다. 기술이 좋아서였는지, 아내도 어떤 거농(巨農)의 수양딸을 얻을 수 있었는데, 문경 사람 윤씨였다.

그러나 그 뒤로부턴 어쩐지 일이 잘 풀리지 않았던 모양이다.

아내는 신경석을 놓고 산후를 잘못 치러 풍이 드는 바람에 친정으로 돌아가 삼 년을 앓다 죽었다. 아버지가 재가를 꿈도 못 꾼 것은 으레 그 석수질을 하다 실수로 제 손가락을 뭉개 버렸기 때문이었다.

배운 것이 돌 깎는 것뿐인데, 그 일을 못하게 됐으니 살 길이 막막했다.

마누라는 죽고 새끼 하나가 딸려 있었다.

결국 신경석을 데리고 아버지는 대구로 내려왔다.

예전 묘지에 비석을 세워준 연으로 최첨지 댁에 줄을 닿아 땅을 조금 빌려 소작하는 것을 허락받고는, 농사일을 시작했다.

그러나 한 손이 부자유스러운 사람이 쟁기질이나 제대로 할 리가 없었다.

어린나이에 농사일을 배워 아버지가 노름하는 동안 밤낮으로 경석이 일한 덕분에, 겨우 입에 풀칠을 하는 생활이었다.

결국 인생을 허비하다 못해 아버지는 삼 년 전 겨울에 대취(大醉)해 도랑에 엎어져 자다 얼어 죽고 말았다.

다행스럽게도, 땅을 조금 줄이는 대신 계속 소작을 부칠 수는 있게 최첨지가 허락해 주었기에, 어린 나이에 떠돌지 않고 농사라도 지을 수 있게 된 것이었다.

그렇다곤 해도, 먹일 가족 없이 혼자 땅을 부친다는 것이 그다지 쉬운 것은 아니었다.

어차피 거둘 사람이 없으니 많은 땅을 일궈낼 수는 없었다. 논 네 뙈기에 밭 한 뙈기가 그가 부치는 땅의 전부였다.

지루지골[鵲村] 일대에 구십 정보나 되는 땅을 가진 최첨지에게 있어서는 별로 눈에도 안 들어오는 땅이었을 것이다.

그러나 신경석은 필사적이었다. 매년 소출이 나면 삼분의 일을 최첨지에게 갖다 바치고, 남은 걸 가져다가 양식도 삼고 모자라는 것은 와룡산(臥龍山)에 가서 땔감을 해다가 성내에 가져가서 팔아 충당했다.

그래도 형편은 궁색하기 짝이 없어, 먹는 것 외에는 다른 데에 돈을 쓰는 것은 꿈에도 생각할 수 없었다.

그러나 오늘은 조금 특별한 날이었다.

설만큼은 좋은 반찬에 포식하고 싶은 맘에 지난 며칠간 잔뜩 해놓은 땔감을 지게에 지고 성내로 나섰다.

대구부(大邱府) 성내까지는 걸어서 거의 지게를 지고선 족히 한 시진 거리였으나, 요행히도 아침 일찍 서두른 덕에 정오 무렵엔 성에 들어설 수 있었다.

예전 달성(達城)이라 불리던 이 읍은, 지리적 요건으로 인해 경삼감영이 상주에서 옮겨 오게 된 뒤로 나날이 번창해 인구 십만이 사는 거성이 되었다.

이 대구 읍성의 서문(西門)에 전국에서 손에 꼽히는 큰 장터가 자리 잡고 있었고, 서문에 있다 해서 서문시라고 불렀다.

이곳을 중심으로 경상도 일대를 휘어잡고 있는 구상(邱商)이라 불리는 상인들이 활약하고 있었다.

황성(皇城)에서 부산으로 가는 길이 이 서문을 통과해 대구를 지나가고 있었고, 이곳의 장은 갈수록 커져 상점이 들어서고 객줏집이 열려 상설화되어 있었다.

길목이 좋은 탓에 전국에서 사람이 모여들어, 영남의 돈은 모두 서문시에서 움직인다는 말까지 나올 정도였다.

지루지골에서 안당골을 거쳐 달서천(達西川)을 따라오면 바로 이 서문시가 나왔고, 신경석을 비롯한 마을 사람들은 모두 여기서 짊어지고 온 물건들을 팔았다.

경석도 시장 모퉁이에다 지고 온 땔감을 풀어놓고 흥정에 들어갔다.

"땔감 사시오, 땔감. 잘 타고 오래가는 땔감이올시다."

신경석은 땔감을 풀어놓고 호객을 시작했다.

성내에 사는 사람들이 성 밖으로 나가 땔감을 해오는 것이 쉽지 않은 데다가, 설이라곤 해도 아직은 날이 춥고 사나운 터라 파는 것은 어려운 일이 아니었다.

근래에 들어 부잣집에서는 나무를 때지 않고 석탄(石炭)이란 놈을 사다가 오래 불을 틔운다고 하지만, 성내의 부민들에게 여전히 나무는 주요한 땔감 노릇을 하고 있었다.

신경석이 좌판을 벌린지 채 한 시진이 걸리지 않아 땔감은 다 팔렸다.

그럭저럭 장사가 잘되어, 어물전에서 간고등어 한 두름을 사고 나서도 돈이 꽤나 남았다. 허리춤에 두름을 묶고 어물전을 나서려는 차에 경석의 발꿈치를 작대기 하나가 두드렸다.

"어르신이십니까."

경석은 누군지 확인하기 무섭게 얼른 고개를 조아렸다.

어르신이라는 것은 바로 최첨지 밑에서 소작을 관리하는 마름 김씨 노인이었다.

경석이 부쳐 먹는 땅도 이 김씨의 손아귀에 달린 땅이라 경석은 이 욕심 많은 늙은이를 대할 때마다 늘 기가 죽어 버리곤 했다.

게다가 이 노인은 기세 좋게 이죽거리는 것이 장기라, 구변(口辯) 좋지 않은 아랫사람을 다룰 때는 늘 말하는 것이 함부로 나오곤 했다.

"추운 날씨에 여기까지 나오셨습니까?"

"날씨가 추우면 나오면 안 될 일이라도 있나? 설이고 하니까 새로 두루마기나 맞춰 볼까 싶어서 나왔다. 근데, 그건 뭐꼬?"

시력이 좋지 않아 반쯤 찡그린 눈으로 경석을 훑어보던 마름의 시선이 허리춤에 묶인 간고등어로 향했다.

바짝 마르고 주름진 입술 사이로 혀를 쩝쩝거리며 입맛을 다시는 모양이 어지간히 탐이 나는 모양이었다.

"설이고 하니 반은 제가 반찬 삼아 먹고 나머지는 첨지 어른 댁에 가져다드릴까 싶어서……."

신경석의 대답에 노인은 기다렸다는 듯이 여전히 고등어에 시선을 떼지 않은 채 말했다.

"으데 첨지 으른이 정초부터 자네 같은 사람이 가져온다고, 이런 잡어를 잡수시기야 하긋나. 오늘 제사상만 해도 다리가 휘어질 정도로 차려 놨든데. 그 친지분들이 죄다 세배 올리러 선물을 싸들고 찾아뵙고 있을 낀데, 괜한 헛수고 하지 말고. 그거 마실로 돌아오거든 자네 먹을 한 마린 재어 놓고 나머진 나한테로 가져온나. 내년 땅 부칠 이야기라면 내가 잘 여쭈어 볼 테니까."

죽을지 살지 목줄을 쥐고 있는 것은 결국 이 늙은이였다.

사실 틀린 말도 아니었다. 하지만 사람 속을 뒤집어 놓고 마지막에 본심을 드러낸 이 늙은 마름이 말하는 것이 경석은 여간 마음에 들지 않았다.

그러나 소작농의 주제에 뭐라 할 수도 없었다.

"예, 그리합지요."

"카믄 내는 술이나 좀 한잔 걸치고 천천히 들어갈 테니까, 먼저 가그라이."

마름은 짧은 곰방대를 빼어 물고선 시장통 사이를 휘적휘적 걸어 사라졌다.

한참을 그가 가는 뒷모습을 바라보고 서 있던 경석은 왠지 모를 허탈한 기분이 들었다.

아버지라도 살아 계셨으면 이 고등어를 잡숫고 좋아했을 텐데, 오늘 이 고등어는 첨지 어른도 아니고 죄다 마름 김씨의 차지였다.

마름이란 것은 원래 사음(舍音)에서 나온 음차로, 본래 황실의 내장전에나 두던 전호(田戸)를 감독하는 관리를 일컫는 말이었다. 그러나 이것이 넓은 토지를 소유한 지주들이 늘어나면서 차츰 사전(私田)에도 두게 되었다.

최첨지의 구십 정보 땅은 거진 죄다 이 마름 김씨가 삼십 년이 넘게 맡아 오고 있었는데, 썩 그 술수가 좋아 소작료를 받을 때는 마당통으로 수북이 받아다가 최첨지에게는 평두량으로 담아 건네주고, 남는 것으론 제 배를 불렸다.

최첨지는 그저 세상일 관심 없이 옛 전적이나 들추고 어설픈 한시나 짓는 것을 업으로 삼는 천상 양반인지라, 제때 소작료가 들어오기만 하면 마름이 하는 일에는 관심을 두지 않았다.

이런 일이 반복되다 보니 최첨지의 소작들에게 이 마름 노인의 말은 거역하기 힘든 것이 되었다.

지금 경석이 소작 부치는 땅도 아버지가 직접 최첨지에게 받은 땅이라고는 하나, 이 땅을 핑계를 대서 도로 빼앗아 다른 집에 주는 것도 마름이 제멋대로 할 수 있었다.

이런 탓에, 최첨지에게 땅을 빌려준 것에 사은할 요량으로 사온 고등어 한 두름이 죄다 이 마름이 꿀꺽해 버려도, 경석은 불평은 말할 것도 없거니와 도리어 만면에 웃음을 띠우고 갖다 바쳐야 할 형편이었다.

마름을 욕하면서 집으로 돌아오는 길은 쓸쓸하기 짝이 없었다.

겨울이라 놀리는 논밭은 휑하다 못해 어제 쌓인 눈이 얼어붙기까지 했다.

찬바람에 말라서 튼 입술 사이로 하얀 입김이 뿜어져 나왔다. 추웠다. 정초부터 일진이 이렇게 안 좋을 수가 없었다.

오늘 하필 장에서 마름을 만났나 생각해 보니 문득 아침에 봤던 그 검은 괭이가 생각이 났다.

그래, 그게 다 그놈 때문이었다. 새해 처음 본 것이 그런 놈이니 일이 잘 풀릴 턱이 없었다.

정초부터 이렇게 운수가 사나우니 무당이라도 불러 굿으로 액땜이라도 해야 할 판이었다.

허리춤에 매달린 덜렁거리는 간고등어 두름이 괜히 얄미웠다.

이제 제 것도 아닌 걸 귀찮게 허리춤에 차고 마름에

게 운반해 주는 꼴이었다.

이제 간고등어가 없으면 구실이 없으니 첨지 어른을 찾아뵐 수도 없다. 물론 최첨지야 경석 같은 소작이 문안을 오든 말든 신경조차 쓰지 않을 인물이지만, 그래도 땅을 부치게 해준 것에 대한 이쪽의 성의였다.

그래야 신경석의 마음이 편할 것 같았다. 그러나 그 못된 마름 놈이 중간에서 간고등어를 홀라당 해먹겠다고 나섰으니 어쩔 도리가 없었다.

'진서나 요동으로 가면 맨몸으로도 입에 풀칠은 해먹고 살 수 있다는데…….'

집에 들어와 벌렁 누워 잠을 청해 보았으나, 신경석의 마음은 심란하기 짝이 없었다.

하루 종일 허탕을 치고 마름 좋은 일만 시킨 것 같아 기분이 좀체 나아지지 않았다.

눈은 감았어도 정신은 말똥한지라, 신경석은 가만히 누워 나름의 계산을 짜 맞추어 보았다.

지금처럼 마름의 비위를 맞춰 가면서 코딱지만 한 땅을 부쳐 먹고 산다면, 입에 풀칠을 하는 것은 가능했다.

흉년만 아니라면, 제국통보로 은화 쉰 냥 정도는 해

마다 벌 수 있었다.

물론 대충 그중에서 스무 냥은 소작료로 나갈 것이고, 남은 서른 냥 중에서 열 냥은 군역을 지지 않는 대가로 내는 군포(軍布) 같은 세금이었다.

이래저래 떼고 나면 대충 열여덟에서 스무 냥 정도가 매년 신경석에게 떨어지는 돈이었다.

허나 이 정도로는 혼례를 치르고 가정을 꾸리기는 빠듯했고, 그나마도 흉년이라도 들면 생계를 지탱할 방법이 없었다. 그나마 홀몸이니 이렇게라도 살아가는 것이었다.

신경석은 괜히 비어 있는 윗머리를 만지작거려 보았다.

요즈음의 풍속이란 것은, 이미 장가가지 않은 남자가 댕기를 하지 않은 지는 오래였고, 보통 총각은 단발(短髮)을 치고 다녔다. 그러다가 장가를 들면 머리를 길러 상투를 틀고, 제각기 품에 맞게 관을 쓰고 다니는 것이었다.

'내가 머리에 상투를 짜볼 날이 있으려나? 이대로 가다가는 그 성깔 드런 마름한테 골수나 쫙, 하고 빼어 먹히다 죽고 말지.'

괜히 답답한 마음에, 신경석은 한동안 물지 않았던 연초(煙草)를 물었다.

짧은 곰방대에다가 신경질적으로 담뱃잎을 재워 넣고는, 아버지로부터 물려받은 발화기에 기름을 조금 부어 불을 틔웠다.

이내 발화기에서 옮겨 붙은 불이 곰방대 위에서 하얗게 담뱃잎을 태우기 시작했다.

한 모금 훅, 하고 깊게 연기를 빨아들이면서 신경석은 마음을 굳혔다.

다음 날 그는, 차례를 지내고 나서 마름에게 주기로 했던 간고등어를 샅샅이 발라 먹었다.

간만에 배부르게 포식하고서는, 신경석은 그간 틈틈이 어렵게 모아두었던 은화 서른 냥을 조심스레 고간에 매어둔 조그만 주머니에 넣고서, 두터운 솜옷을 입고 행랑을 짊어졌다.

세간이래 봐야 옷 몇 벌이랑 이부자리가 전부이니, 따로 챙길 것도 없었다.

신경석은 이곳을 떠날 생각이었다.

막상 먼 곳으로 도망치듯이 가려니 여기저기 밟히는 얼굴들이 많았지만, 괜히 얼굴을 보고 인사하면 마음이 무뎌질까 싶어 새벽녘을 틈타 바쁘게 대구부로 향했다.

신경석은 그곳에서 황성으로 가는 역마차를 탈 생각이었다. 역마차는 서문 밖의 달성역(達成驛)에서 정기적으로 편성되어 있었다.

황성으로 가는 마차가 하루에 두 번 있는데, 개중 오전 것은 보통 전날 경주(慶州)에서 출발해 밤에 대구에서 손님을 재운 뒤 아침에 출발하는 것이니, 지금 서두른다면 충분히 탈 수 있을 성싶었다.

신경석은 문득 멀리서 비쳐 오는 아침 햇살을 보며 기묘한 생각에 잠겨 들었다.

분명 새해 첫날인데 설렘도, 흔들림도 없었다. 그저 동트기도 전에 쥐 새끼 혼례 치르듯이 아버지 차례 상을 대충 치르고 나온 게 맘에 조금 걸릴 뿐이었다.

우선은 황성으로 가서 일자리를 알아보고, 그곳에도 마땅한 것이 없으면 아예 허가 없이 월경해서라도 요동에 가볼 생각이었다.

그리해도 안 되면 군문에 몸을 투신하거나, 도박하는 셈 치고 뱃사람이 될 생각이었다.

뱃사람이라는 것이 대우도 좋지 않고 거의 인신매매처럼 선원으로 끌려가는 이들도 많았지만, 운이 좋다면 대양을 건너 영주에 정착할 기회를 얻게 될지도 몰랐다.

적어도 이렇게 이 시골구석에서 마름의 눈치나 봐가면서 미래를 저당잡히는 것보다는 나을 터였다.

이때에 이르러, 이렇게 신경석처럼 생각하고 고향을 떠나는 이들은 한둘이 아니었다.

경자유전(耕者有田)이라는 말이 무색하게도, 전국의 전답에서 대지주 소유가 차지하는 비율은 갈수록 높아져 가고 있었다.

이런 와중에 땅을 잃은 자들은 소작농으로 전락하고, 그리고 여기서도 희망을 못 느낀 사람들은 보다 나은 여건과 대우를 찾아 도시로 이주하기 시작했다.

그러나 도시라고 하더라도 형편이 그다지 나아질 것은 없었다.

능력 없고 기술 없는 이들은 도시의 하수와 오물을 청소하거나, 혹 상수도가 들어가지 않는 지역에 물지게를 나르는 잡일을 하기 일쑤였다.

그나마 운이 좋다면, 방적기로 천을 짜내는 일을 하는 공장에 취직할 수 있을 터였다.

기계로 앉아서 하는 일이라 그나마 나은 편이었지만,

그것도 일이 고되기는 마찬가지긴 했다.

아버지의 노름빚에 팔려 기생집에 넘겨지는 딸아이들도 심심찮게 있었다.

특히 가난하고 궁색한 백성이 많은 강원도(江原道)가 심했다.

산골의 화전민들의 딸들은 평범한 가정을 꾸리고 살아가는 경우가 거의 없었다.

이러한 가운데 황성부를 비롯한 내지 도시들은 점차 팽창하기 시작했다.

황성부 인구는 어느덧 물경 50만을 넘어서고 있었고, 개성부나 평양부 같은 몇몇 도시들 또한 10만이 넘는 인구가 상주하고 있었다.

이런 도시들의 외곽 지대에는 빈민촌과 함께 공장제·선대제수공업·가내수공업의 작업장이 혼재되어 마구잡이로 뒤엉켜 있었다.

이러한 일들의 구분도 명확하지 않았는데, 낮에는 공장에서 천을 짜고 품삯을 받고, 밤에는 같은 공장에서 일을 받아와 집에서 수를 놓는 식이었다.

특히 용산의 건너편인 영등포와 노량진 일대에 이런 공방(工房)과 주거지가 뒤엉켜 있는 일종의 빈촌(貧村)

이 크게 형성되어 있었다.

신경석 또한, 화려하게 치장되어 있는 남대문 밖 역마차 정류장에서 몸을 내렸으나, 갈 곳은 허름한 빈민굴인 노량진밖에 없었다.

막 용산에서 노량진 방향으로 축조되고 있는 한강을 건너는 최초의 영구적인 석조다리가 지어지는 광경을 입을 벌리고 보면서, 신경석은 역마차를 타고 건너왔던 배 위로 널빤지를 대어 강을 건너도록 만든 부교(浮橋)를 도로 건너갔다.

그때 신경석의 머릿속으로 갑작스레 어떤 생각이 스치고 지나갔다.

아버지의 석공 기술을 어릴 적 눈여겨 배웠던 기억이 난 것이었다.

제대로 기억나는 것은 없었지만, 어떻게든 돌을 다룰 줄은 안다고 비벼볼 정도는 되었다.

저 다리를 짓는 일에 품을 팔 수 있으면, 생각보다 황성에 일찍 정착하는 것이 가능할지도 몰랐다.

노량진의 허름한 오두막 벽에 판자때기를 덧대 붙여 만든 허름하기 짝이 없는 방을 하나 얻고서, 신경석은 다음 날 바로 석교를 공사하는 현장으로 나갔다.

다행히 그곳에서 일거리를 얻을 수 있었고, 앞으로 족히 5년은 더 걸릴 다리 공사장에서, 몸만 성하다면 계속 일을 할 수 있을 터였다.

제61장
풍미사방(風靡四方)

「1653년, 포르모사(Formosa)로 알려진 대만(臺灣)의 신임 총독으로 부임 명령을 받아 코르넬리스 카사르(Cornelis Caesar)는 스페르베르호에 올랐다.

배는 6월 18일 네덜란드령 바타비아항을 출항했다. 불행스럽게도, 스페르베르호는 태풍을 동반한 두 차례의 폭풍우를 만나 포르모사 동쪽 해역에서 한국의 제주도로 표류했고 한국 정부에서는 즉각 이들의 신병을 인수하였다.

이 당시 선원이었던 하멜이 쓴 표류기에 잘 알려져 있는 대로, 이를 계기로 한국 정부와 포르모사의 신임 총독 카사르는 재빠르게 협약을 체결하였다.

네덜란드의 동인도회사는 극동으로 진출한 이래 한국에 관심을 보여 왔었다. 동방 무역에서 한국의 존재는 무시할 수 없는 수준이었고, 한국이 장악하고 있는 무역권역에 한국 정부와 공식적인 관계를 수립할 필요가 있었다.

1610년 12월 헤이그의 17인 위원회가 진서도독부에 한국 정부에 대한 관계를 주선해 줄 것을 요청하기도 했으며, 데 혼드(de Hond)호 등이 일시적으로 목포에 입항을 허가받기도 했다.

1627년에는 우베르케르크호가 난파하여 선원들이 한국에 귀순하기도 했다. 이들은 대부분 본국으로 돌아가지 않고, 한국에 남았었다.

포르모사의 신임 총독은 괄목할 만한 성과를 가지고 총독부 본성인 젤란디아로 귀환했다. 불행스러운 표류가 그에게는 행운으로 바뀐 셈이었다.

1654년, 한국 정부는 제주(濟州)에 제한적인 입항권을 네덜란드 상인에게 주었고, 2년 뒤인 56년에는 이것을 목포(木浦)로 확대했다.

카스티야·포르투갈 등이 이미 진서도독부로는 입항

을 허가받고 있었지만, 한국 본토에 서양 선박이 공식적으로 무역 허가를 받은 것은 처음이었다.

완고하게 자국 선적의 상선에만 본토 무역을 허가하던 한국 정부가 상당히 개선적 조치를 취한 것이었다.

상당한 자율권을 부여하고 지원을 아끼지 않은 덕에 진서에 있던 물동량의 많은 부분이 목포로 옮겨 오게 되었다.」

—안토니오스 트라고스, 《17세기의 세계무역질서》,
(아테네:1934)

1661년
태화(泰和) 11년 맹춘(孟春)
대한제국 전라도 목포부.

헨드릭 하멜(Hendrick Hamel)은 목포부의 항구가 내려다보이는 곳에 세워진 네덜란드동인도회사
(Verenigde Oostindische Compagnie, VOC)

의 상관(商館) 발코니에서 목포항을 내려다보고 있었다.

"헨드릭. 이번에는 얼마나 조선에서 머물 것 같은가?"

항구 너머로 펼쳐진 서해의 바다를 보며 감상에 잠겨 있던 하멜은, 뒤에서 들려온 목소리에 화들짝 정신을 차리고 돌아보았다.

한국식 관복을 차려입고 시원하게 웃고 있는 적발의 남자가 그곳에 서 있었다.

하멜보다 이미 30년 전에 표류를 통해 한국에 입국하여 귀화한 뒤, 외부(外部)의 말직 관리 생활을 하고 있는 박연(朴淵, 얀 야너스 벨테브레)이었다.

"글쎄요. 이제 아주 바타비아에서는 저를 조선의 전문가로 생각하는 듯합니다. 책 한 권을 내긴 했지만, 뭐 그게 대단한 일이라고. 이번엔 한 삼 년쯤 머물 것 같습니다."

하멜이 총관으로 있는 이곳 목포의 네덜란드 상관은, 대한제국의 내지에 최초로 세워진 서양인의 상관이었다.

일찌감치 한국은 원양 무역에 뛰어들었고, 유럽으로 가는 항로도 이미 백 년이 넘게 운용되고 있었지만, 자국 상단을 보호하는 차원에서 내지로의 외국 상인의 입항은 엄격하게 통제하고 있었다.

모든 무역은 진서를 통해서 이루어져 왔던 것이다.

그러나 갈수록 격화되는 무역 경쟁과 조정의 거듭되는 경제적 실책으로 결국 나상이 무너지고 나자, 새롭게 들어선 황성의 의회정부는 생각을 달리하게 되었다.

보호 무역을 견지하면서도, 동시에 나상이 무너짐으로서 상업항의 기능을 잃어가고 있는 목포와 몰락하고 있는 제주의 경제를 건사할 방법을 찾기 시작했던 것이다.

이때에 이르러 제국, 특히 내지의 상업 체제는 나상·송상·경상의 3각 체제에서 송상·함상·내상의 3각 체제로 변모하고 있었다.

나상은 공식적으로 그 본부가 해산했고, 경상은 독자적인 무역 활동에서 철수해서 황성부를 중심으로 형성된 도매 시장과 중계 거래에 집중하고 있었다.

결국 최종적으로 인도양을 거쳐 유럽까지 들어가는 서방 무역은 포르투갈과 결탁한 송상이 최종적으로 거머쥐게 되었다.

기어이 송상은, 1558년 나상에서 분리되어 숙주를

기반으로 독자적으로 인도 무역만을 전담해 왔던 「인도 고금상사(印度股金商社)」를 1659년 인수함으로써, 나상의 시대는 드디어 종국을 맞이하게 되었다.

함상은 몰락의 신호가 여기저기서 감지되고 있었으나, 북해(北海)를 근간으로 하는 모피 무역과 대창해를 건너는 동북 항로를 손에 쥐고 영주 무역에도 손을 대고 있었기에 아직 버틸 만한 상황이었다.

함상은 사실상 세훈의 둘째 아들 현도가 세웠던 「계영양행」과 같은 조직을 공유하고 있었고, 상인들의 연합체라기 보다는 단일 상사(商社)와 같은 형태로 바뀌어 있었다.

이들의 경쟁력은 바로 이러한 기업의 일원적인 지배 구조에서 나오는 것이었다.

모피 무역은 요동 모피와 경쟁해야 했고, 영주의 무역로는 내상과 공유하고 있었기에 갈수록 입지가 좁아지고는 있었지만, 그래도 그간 축적된 자본과 의사 결정의 집중으로 여러 상단이 몰락하는 가운데도 살아남을 수 있었던 것이다.

내상은 신대륙의 신천은광을 손에 거머쥔 데다가, 영주 개척에 일찌감치 뛰어들었고, 그에 이어서 아라곤

등과 연대하여 신대륙의 서해안 무역, 즉 타완틴수유—멕시카—영주로 이어지는 무역로를 사실상 독점하고 있었다.

이들은 뒤이어 함상이 이용하고 있는 북방 항로에 비견하여, 소위 남방 항로라 불리는 북회귀선(北回歸線) 정도의 위도를 항해하는 무역로를 손에 쥐고 있었다.

내상은 이 항로의 지배력을 강화하기 위해 하와이를 중간 기항지로 선택했고, 새롭게 등장한 하와이의 통일 왕조와 긴밀한 유착 관계를 형성하고 다른 국적이나 다른 상단 소속의 선박의 입항을 원천적으로 차단하고 있었다.

카스티야 뱃사람들이 멕시카에서 출발하여 대창해를 건널 때, 중간 기항지 없이 곧장 필리핀으로 항해해야 하는 이유는 이 때문이었다.

이 외에도 아직까지 상남을 중심으로 남방 무역에 종사하는 호상, 대일(對日) 무역을 독점하고, 대한제국으로 들어오는 외국 선박의 무역 거래를 전담함으로써 부를 축적한 박상, 경상도 일대를 상업적으로 기반으로 삼고 있는 구상 등이 여전히 버티고 있었지만, 대체적으로 국제무역에서 중요한 축을 담당하고 있는 것은 위의 송상, 함상, 내상 정도였다.

허나 이중에서도 인도양을 거쳐 유럽까지 이어지는 완전히 송상의 독점 체제에 놓여 있었기에, 의회에서는 나상의 몰락 이후로 전라도와 제주의 상인들이 끊임없이 대책을 요구하고 있었다.

특히 제주는 심왕가에서 작위를 분봉(分封)받아 고씨 일가가 탐라국주(耽羅國主)의 지위를 누리고 있었고, 당대의 국주인 고해겸(高海兼)은 만약 조정에서 적절한 대책을 내놓지 않을 경우 독자적으로 상단을 제주에 유치하겠다는 으름장을 놓고 있었다.

이미 많은 세월이 흘렀지만, 여전히 추밀원에는 제주를 근원지로 삼는 탐라 귀족들의 지분이 적지 않았고, 이들은 제주와 전라도의 이해관계를 대변하고 있었다.

이렇게 이제 막 의회정치를 시작한 조정에는 이런 압박이 부담스러웠고, 나상을 재조직하는 등의 방법을 궁리하던 차에, 때마침 표류해 온 스페르베르호에 네덜란드의 대만 총독이 승선하고 있었다는 사실을 파악하고, 그를 황성으로 불러들여 공식적으로 협약을 체결한 것이었다.

그간 무역 독점을 유지하기 위해 내지에는 입항 허가

를 잘 주지 않던 황성의 조정으로써는 결단을 내렸다고 하지 않을 수 없었다.

그만큼 나상의 공백은 컸던 것이다.

특히 네덜란드를 선택한 것은, 근간의 영주와 네덜란드 사이의 동맹 관계도 고려되었다.

황성부 조정에서는 가급적이면 어느 지역에서든 특정 국가와 동맹 관계를 유지하여 함께 이익을 도모한다는 전략을 취하고 있었고, 새롭게 동맹 관계의 물망에 오른 네덜란드를 선택했던 것이다.

이렇게 제주와 목포로 차례차례 입항 허가를 내준 뒤, 조정에서는 공식적으로 목포부 유달산 아래에 예전 나상에서 운영하던 부지를 매수해서 네덜란드에 내어 주었다.

그러나 네덜란드 상인들은 여전히 좋은 기항지를 얻었음에도 불구하고, 내지 상단들에 비해서 차별은 감수해야 했다.

내지 선적의 배가 내지 항구에 입항할 때는 하역하는 물품에 15%의 관세만 물면 되었지만, 네덜란드 상인들은 33%의 관세를 물어야 했다.

때문에 네덜란드 상인들은 서양에서 물건을 수입해

오는 것보다는, 이곳에서 도자기·대포·시계·인쇄기 등을 수입해서 유럽으로 판매하는 무역에 치중할 수밖에 없었다.

이러한 상황에서 목포의 네덜란드 상관 총책임자로 부임해 온 것이 헨드릭 하멜이었다.

황성부 조정에서는 이 헨드릭 하멜과 협의하여 무역을 관리할 요량으로 목포부윤에 네덜란드에서 귀화해 온 박연을 보임시켰다.

그 뒤로 급격히 친해진 두 사람은 목포의 동인도회사 상관이나 목포부 동헌에서 만나 종종 이야기를 나누곤 했다.

"그나저나 오늘은 무슨 일이십니까? 말씀도 없으시고 갑자기 오셨네요."

혼자만의 시간을 방해받은 것에 툴툴대는 하멜에게, 박연은 털털한 웃음을 지으며 입을 열었다.

"좀 중요한 안건이네. 북해도독부에서 황성부 의회로 건백서를 보냈네. 그곳 상황이 요즘 심히 좋지 않아서 말이네."

"그렇습니까? 근데 그게 저희와……."

"끝까지 들어보게. 이미 알지도 모르겠지만, 북해 일

대는 모피 무역이 갈수록 쇠퇴하고 있고, 인구의 다수를 점하고 있던 여진인들이 신대륙으로 대다수 이민 가서, 인구는 격감하고 소출은 감소하여 매우 곤란한 지경에 처해 있네. 때문에 황성의 조정에서 이주민을 보내줄 것을 강력히 희망하고 있는데, 국내에서는 강제 이주를 시키는 것이 사실상 불가능해서 자발적으로 북해로 갈 이주민을 모집했었네. 그런데 요동이나 진서로 가려는 사람은 있어도 북해로 갈 사람이 없으니, 꽤나 곤혹스러운 노릇이지. 그래서 어제 황성부 조정에서 사람이 내려와 내게 혹여 네덜란드 이민을 북해로 받을 수 있는지 자네에게 타진해 보라고 했네."

박연의 말을 들은 헨드릭 하멜은 순간 얼떨떨해졌다. 그런 제안을 해올 것이라고는 생각지도 못했던 것이다.

"네덜란드에서 땅을 준다고 이민을 모집하면, 가려는 자들은 충분히 있을 겁니다. 그 숫자가 얼마나 될지는 모르겠지만 말입니다. 그런데 국민을 타국으로 이민 보내는 데, 그 조건도 중요합니다. 아시겠지만, 제 독단으로 처리할 수도 없는 노릇이고, 바타비아를 거쳐 본국에도 보고를 해야 할 사안입니다."

"당연히 그렇겠지. 구체적인 협상을 하지 않았지만,

몇 천 명 규모라면 내어 줄 땅은 충분히 있다고 하네. 정착 후 5년간은 세금도 면제하고, 이민 당대에 한해서 군역도 면제하도록 한다는군. 영안부에 네덜란드 상관의 설치도 허락하고, 특히 목축 및 제조업에 종사할 사람이면 좋겠다고 하네. 다만, 그 이후로는 네덜란드 시민이 아니라 대한제국의 신민으로 국적이 등록되어 북해도독부에 영주해야 한다고 하네."

"꼭 네덜란드인이어야 합니까? 국내에서 구할 수 있는 이민자 숫자는 제한적이고, 최근 전쟁으로 피폐해진 북독일 일대에서 독일인 이민자를 구한다면 숫자는 충분히 채울 수 있을 겁니다."

"그 문제는 한 번 조정에 상주해 보겠네. 자네도 바타비아로 들어가는 선편에 이 문제를 보고하는 서한을 꼭 보내주게."

박연의 말에 헨드릭 하멜은 고개를 끄덕였다.

장사꾼이라는 것이 꼭 물건만 거래하는 것은 아니었다. 인력 산업도 중요한 돈벌이 수단이었다.

물론 네덜란드 동인도회사는 노예 무역에는 손을 대고 있지 않았지만, 이민 사업이라면 괜찮았다.

일이 잘 추진된다면 북방 항로로 접근할 기회도 얻을

수 있었다.

물론 한창 성장하고 있는 네덜란드에서 이민자를 구하기는 쉽지 않을 터였다.

네덜란드는 이미 신대륙에 독자적인 식민지인 니우네덜란드를 확보하고 있었고, 향료제도 일대에도 진출해 바타비아 항을 세우고 동방 항로에 접근하고 있었다.

이곳으로 보내는 이민자들의 숫자도 채우기 벅찬 것이 사실이었다. 그러나 시선을 주변으로 돌리면 이민을 하고자 할 사람을 구하는 것은 어렵지 않았다.

유럽은 지난 40여 년간 긴 전쟁에 시달린 직후였다. 1604년 보헤미아에서 발발하여 유럽 대륙의 거의 모든 국가를 끌어들인 이 소위 40년 전쟁은, 결국 1644년 베스트팔렌 조약으로 마무리되었다.

이 가운데에서 주요 전장이 되었던 독일 일대의 소제후국들은 참혹한 황폐화를 겪었고, 그곳의 주민들은 아직도 기근에 시달리고 있었다.

덴마크나 북독일 일대에서 이민자를 구한다면, 충분히 기후 조건이 그나마 비슷하고 적어도 땅을 얻을 수있는 북해로 건너오겠다고 할 사람은 있을 터였다.

물론 박연과 하멜의 계산과는 다르게 일은 그렇게 손쉽게 진행되지는 않았다.

　하멜의 서간이 바타비아를 거쳐 동인도회사의 본부가 있는 본국 헤이그로 도착하기까지 거의 1년 가까운 시간이 소요되었고, 다시 그곳에서 평의회에 안건이 회부되어 공식적으로 한국과의 협상단을 꾸려서 내한하기까지 다시 2년의 시간이 소요되었다.

　그 사이 북해대도독으로 있던 윤선도(尹善道)가 황성부로 올라와 의회의원들에게 이민 계획에 대한 주청을 다시 했다.

　네덜란드 동인도회사는 이 문제에 관해서 긍정적인 답변을 3년만인 1664년, 바타비아를 통해 보내왔다.

　이 문제를 협의하기 위해 바타비아 총독은 1등 서기관 자카리아스 바게나르(Zacharias Wagenaer)에게 전권을 위임하여 목포로 보냈다.

　이곳에서 임기가 연장된 총관 헨드릭 하멜과 함께 협상단을 꾸린 바게나르는, 위임장을 들고 황성부로 향했다.

　황성부 의회에서 이루어진 협약에 네덜란드 동인도회사와 북해도독부 간의 양자조약이 이루어지고, 이 협약의 정당성을 보장하는 대한제국 의회의 도장이 추가로 찍혔다.

이 이민 협약서는 세계 최초로 공식적으로 이민 문제를 명시한 조약이 되었다.

이 조약에 따라서 1668년 네덜란드에서 최초로 이민자 모집이 이루어졌고, 이듬해에는 덴마크와 북독일 일대로 확대되었다.

당초 생각대로 반응이 적을 것으로 생각했던 네덜란드 본국에서도 많은 이민자들이 모여들었을 뿐만 아니라, 덴마크와 북독일에서도 이민을 신청하는 자들이 줄을 이었다.

이 문제를 직접 현장에서 감독하기 위해 대사로 파견된 박연은 최초로 대한제국이 유럽에 공식적으로 주재시킨 전권 대사가 되었다.

박연은 헤이그에 대사관을 조직하고 이곳에서 3년간 머무르며, 오랜만에 고향의 분위기에 흠뻑 젖을 수 있었다.

이렇게 1671년 1차로 선발된 네덜란드인 680명, 덴마크인 140명, 독일인 251명 총 971명이 총 일곱 척의 배에 나뉘어 바타비아를 거쳐 북해로 이주했다.

이 가운데에는 훗날 북해를 중심으로 북극권 탐사의 업적을 쌓게 되는 비투스 얀센 베링의 아버지인 요나스 스벤센 베링(Jonas Svendsen Bering)도 타고 있었다.

　덴마크의 세관원이었던 요나스 베링은 북해의 항만에 세관 감독관의 자리로 가는 조건으로 이민을 하게 되었다.

　그와 그 가족은 영안부의 시가지에 자리를 잡았고, 그곳에서 아들 비투스 얀센 베링[白濱緣]을 얻게 되었다.

　그 사이에도 영안부로는 북유럽 출신의 이민자들이 틈틈이 들어왔다.

　이들은 예전 여진족이 넓게 퍼져 살던 땅으로 흩어졌고, 혹자는 모피 무역에 종사하고, 또 일부는 영안부에서 상인·관리·교육자 등의 전문직종에 진출하기도 했다.

　대개는 밀·보리농사와 목축업에 종사했는데, 이들은 최초로 1685년 영안부에 맥주를 만드는 양조창을 세우게 된다.

　이후 영안 맥주는 제국 최고의 명주 중 하나로 손꼽

히게 된다.

1662년
태화(泰和) 12년 맹춘(孟春)
요동국 성경부.

김윤의 치세 동안 요동국은 많은 변화를 겪었다.

일개 번왕(藩王)에 불과한 심왕이 심요대도독을 겸작하며 기형적으로 운용되어 왔던 요동의 기존 정체(政體)가 종식되고 요동국이 세워졌다.

번왕이었던 그 품계 또한 국왕(國王)으로 올라갔고, 정식으로 도읍에 종묘와 사직을 세울 수 있게 되었다.

물론 이 모든 변혁의 초석은 김윤이 이루어낸 것이 아니라 그 이전 시대부터 계속되어 왔던 변화의 결과에 불과했다.

오히려 가장 큰 공헌은 한 것은, 김윤이 몰아낸 폐주 금양군이었다.

요동을 황성으로부터 분리해 하나의 독자적인 나라로 만드는 것이 그의 꿈이었으니 말이다.

물론 여러 가지의 정치적 요인과 무리한 본토 침공으

로 인하여 그는 몰락을 자초했고, 결국은 내심 가장 꺼려 하여 죽이려 했던 핏줄인 김윤에 의해 도로 밀려나는 처지가 되었다.

황성의 태정제는 내전의 확산을 막고 금양군의 실각을 이루어내기 위해 어차피 언젠간 주었어야 할 요동의 공식적인 자치권을 김윤에게 쥐어줬었다.

이 이전의 김윤의 삶 또한 파란만장한 것이긴 했으나, 그는 꽤나 젊은 나이에 이러한 정치적 격변의 유산을 상대적으로 손쉽게 권력을 손에 넣었다.

물론 직전까지 목숨이 경각에 놓여 있었던 점을 감안한다면, 그에게 있어서는 그 과정이 결코 쉽다고는 말할 수 없는 것이었다.

어찌 되었든, 장인인 한의직이 세자와의 대립을 이유로 폐주 금양을 배신하고 김윤의 손을 들어주었고, 이를 통해 군권까지 손에 넣은 김윤을 제지할 수 있는 세력은 요동 안에는 적어도 없었다.

김윤의 즉위와 요동국의 설립을 통해서, 요동이 그간 갈망해 왔던 문제들은 어느 정도 해결이 되었고, 대립도 수면 아래로 점차 가라앉기 시작했다.

요동의 대내적인 상황뿐 아니라, 김윤의 아버지인 인

양군 대로부터 황성부에 다져져 있던 강력한 인맥은 태정제가 거느리는 황성부의 조정과도 관계를 부드럽게 만드는 데에 도움이 되었다.

이러한 맥락에서 보았을 때, 김윤의 치세가 시작된 것은 요동이 그간의 수렁과도 같은 내전과 분란의 시기에서 빠져나오는 것을 의미하기도 했다.

1617년, 처음으로 요동왕의 면류관을 쓰고, 성경 태안궁의 용좌에 김윤이 처음으로 앉았을 때, 그의 권력은 독자적인 것이 아니었다.

그가 왕위에 오르는 데 사실상 일등공신이라고 할 수 있는 한의직을 둘러싼 심양한씨들이 강고한 벌족(閥族)을 이루고 김윤과 공히 권력을 나누어 가지고 있었다.

그러나 요동왕 김윤은 일찌감치 심양한씨들의 과도한 권력이 한의직의 시대가 지나가면 차츰 무너져 갈 것으로 예측했다.

한의직의 나이 이미 환갑을 넘어서고 있었으니, 그에게 주어진 시간이 얼마 남지 않은 것은 자명했다.

약한 왕권, 혼란이 막 종식된 사회, 그리고 요동의 취약한 자생력에도 불구하고 김윤의 정치는 성공적으로 순항했다.

결정적으로 주효했던 것은, 김윤 스스로가 왕권 강화의 의지를 처음부터 보이지 않았다는 것이었다. 대신 그는 권력의 많은 부분을 잠식하고 있는 심양한씨의 권세를 분산시키는 것에 신경을 썼다.

1631년, 한의직이 중풍으로 사망하자, 김윤에게는 권력 구조를 재편할 기회가 찾아왔다.

김윤은 「공회(公會)」를 설치하고 권력의 분산을 시도했다. 김윤은 심양한씨를 공격적으로 대하는 방법을 취하지는 않았다.

한의직 사후 심양한씨의 주축이 된 한의직의 조카 한재흠(韓載欽)을 구슬리는 방법을 선택했다.

왕권에 기댄 편법적인 권력 대신 공회로 직접 진출하여 공식적인 권력을 향유하라는 것이었다.

한씨 일문에 공회의 세습 의원직을 줄 테니, 자발적으로 이 공회를 구성하는 데 참여하라는 것이었다.

대신 이 과정에서 동시에 김윤은 공회를 구성할 의원의 1/3을 왕명으로 임명할 수 있도록 했다.

한씨를 주축으로 한 「동당(東黨)」과 김윤 속하의 세력인 「서당(西黨)」이 각기 공회에 진입한다면, 김윤 자신이 임명하는 의원과 서당 출신의 의원들을 포함해 국정 장악이 가능하다고 판단한 것이었다.

더군다나 공회에서 합의된 사안의 결정권은 결국 왕이 행사할 수 있도록 제도화시켰다.

물론 한재흠으로서도 나름대로의 계산이 있었다.

설사 왕이 서임의원(敍任議員, 왕이 직접 임명하는 의원)과 서당을 통해 공회를 장악하고자 하더라도, 숫자가 많은 동당을 완전히 배제할 수는 없는 노릇이었다.

한재흠은 대신 서임의원을 제외하고 나머지 의원을 선출하는 방법으로 아예 동당과 서당을 공식화하고, 의원추천권을 당에 주도록 하는 방법을 제안했다. 나머지 2/3의 의원을 서당과 동당이 1/3씩 가져가게 되었다.

그러나 한재흠으로서는 동시에, 왕과 마찬가지로 자신이 장악하고 있는 동당에서 1/3의원을 공회에 항상 내보낼 수 있게 되었던 것이다.

이렇게 제도화된 권력 분산을 통해, 김윤은 정치적 충돌 없이 왕이 주도하되 권력 계층 전체가 참여하는 국가적 개혁을 이끌어낼 수 있었다.

권력자들과 분리되어 독자적으로 화폐제도에 있어서 전권(專權)을 행사하는 왕립요동은행은, 동양에서 최초로 세워진 근대적인 중앙은행이었다.

세계 최초의 중앙은행이라 할 수 있는 1609년 수립된 네덜란드의 암스테르담 은행(Amsterdamsche Wisselbank)보다는 조금 늦었지만, 은행에 축적된 금 및 은을 함부로 왕을 비롯한 권력자들이 인출하지 못하게 한 점에 있어서는 선구적인 것이었다.

왕립요동은행에서 국고를 엄격하게 보유 및 유지하고 있다는 점은, 이를 바탕으로 발행되는 요동화에 대한 신뢰도를 높여주었다.

이는 상업적 발달에 크게 도움이 되었고, 화폐를 주조할 때 발생하는 세금만으로도 왕실의 내탕금을 채우기에는 부족함이 없을 정도였다. 김윤의 선택은 탁월한 면이 있었다.

이 외에도 여순에 요동의 입구가 될 항구를 조성하고, 도로를 재정비하며, 부흥하는 국내 산업을 보호하는 일에 신경을 씀으로 인해, 김윤 치하의 요동은 제2의 번성기를 맞이하게 되었다.

종종 김윤의 치세는, 그의 현조부(玄祖父, 5대조)인 문덕왕 김서윤의 통치와 비견되곤 했다.

문덕왕은 처음으로 심양에 내려와 직접 통치를 시작

한 심왕가의 왕이었으며, 지금까지 내려오는 요동의 여러 제도와 문물을 정비한 왕이었다.

심양대학 또한 그의 손에 의해 세워졌으며, 어립장서각 또한 그가 공들여 모은 서적 및 물품들로 채워졌었다.

그러나 그의 정책은 어디까지나 중세적 틀에서 크게 벗어나지 못한 것으로, 본질적으로는 그의 할아버지와 아버지인 세훈과 현도가 중앙에서 시도했던 개혁 정책들의 요동 식 변형에 불과했었다.

허나 김윤의 정책들은 본질적으로, 변모하고 있는 국제적 정세에서도 단연 앞서 나가는 것들이었다. 물론 그가 통치하기 이전에, 이미 요동에서는 자생적으로 개혁적 토양이 조성되어 있었던 것은 분명하다.

그러나 이 거름 위에서 근대적 요동의 문을 열어젖힌 것은 바로 김윤이었다.

제조업의 융성과 직업 노동자들의 증가, 그리고 상업 자본의 집중과 화폐제도의 발달, 의회제도 등은 모두 이 시기 세계에서 가장 앞서 나간다고 할 수 있는 일부 지역 및 국가들에서 볼 수 있는 현상이었다.

김윤은 이러한 근대적 현상들을 제도화하여 국가의

공식적 영역으로 끌어들이고, 이것을 장려하는데 심혈을 기울였던 것이다. 이런 요동의 정책적 성공에 비견할 만한 나라는 네덜란드 정도였다.

"급격한 개혁은 나라의 안존을 위태롭게 할 수 있으니, 내지의 정세를 가감 없이 알려 도리어 오해가 없도록 하고, 다만 요동이 태평한 것임을 민간에 알게 하라."

내지에서 혁명적인 황권 전복이 일어나, 황제가 유명무실한 상징적 존재로 격하되고 의회정부가 수립되었을 때, 요동왕 김윤은 요동의 언로를 오히려 틔워놓았다.

내지의 영향을 받아 급진적인 의회주의 운동이 일어날 가능성은 이미 김윤 또한 탐지하고 있었다.

이 시기를 전후하여 언문으로 쓰인 벽서(壁書)가 성경부 내에 여러 차례 나붙고 있었다.

이러한 익명의 글들은 왕과 일부 대신들이 나누어 가지고 있는 공회의 의석의 문을 좀 더 넓혀야 한다는 주장을 담고 있기도 했다.

그러나 확실한 것은, 현재의 요동은 번창하고 있었고, 변란에 시달리는 내지에 비해서 매우 안정된 상태를 유지하고 있다는 것이었다. 때문에 김윤은 내지의 정세를 일반에게 오히려 널리 알림을 통해, 요동이 반대로 얼마나 살기 좋은 곳인지를 납득시키고자 했다.

그러는 동시에 국왕, 서당, 동당이 각기 1/3씩 나눠 가지고 있던 지명제의 공회를 개선하여, 기존의 지명권자들의 권한을 1/4씩으로 줄이고, 그리하여 새롭게 남는 1/4의 의석을 매우 제한된 것이긴 하나 선거를 통해 선출하도록 고쳤다.

선거권자 및 피서권자는 매년 납세를 요동화로 금화 15관 이상을 내는 자, 퇴직 관료, 왕명으로 작위 및 서훈을 받은 자로 제한되었다.

어떤 면에서는 내지의 의회에 비해 더욱 까다로운 편이었지만, 해당되는 사람의 숫자는 오히려 내지에 비해 많았다.

그동안 요동에서는 요동화로 금화 300관 이상을 매년 세금을 낼 수 있을 정도의 부유한 사람이 증가했던 것이다.

총 2만 4천여 명의 선거인단이 전국적으로 명단으로 작성되었고, 내지에서 첫 의회선거가 열린 1653년보다 조금 늦은 1655년, 첫 선거가 실시되었다.

다만 피선거 된 의원은 임기가 종신직이었으므로, 이

들이 사망하거나 특수한 사정으로 의원직을 유지할 수
없는 상황에서만 지역별로 재선거가 이루어지게 되어
있었다.

공회에 대한 개혁 조치까지 성공적으로 이끌어내고,
내지에서 불어 올 수도 있었던 혁명의 파도를 차단하는
데 성공한 김윤은, 내지가 네덜란드 선적에 대하여 제
주 및 목포에 입항 허가를 내리자, 뒤질세라 여순항을
어떤 국가의 선적이든 무관하게 입항할 수 있는 자유항
으로 선포했다.

다만 이곳에서 이루어지는 거래에 대해서 세금만큼은
엄격하게 매겼는데, 여순항의 관세가 요동의 국고를 채
우는 주요 재원 중 하나였기 때문이었다.

이미 목포에 거점을 마련한 네덜란드보다도 이에 재
빠르게 반응한 것은, 가장 뒤늦게 동방 무역에 뛰어들
기 시작한 영불연합왕국이었다.

연합왕국은 국왕만 같이 섬길 뿐, 잉글랜드와 프랑스
의 정치가 이원적으로 나뉘어 있었고, 군대·사법·의
회 등 모든 부분을 별도로 하고 있었다.

이 중에서도 요동의 무역에 큰 관심을 보이고 여순에
상관을 재빠르게 수립한 것은 잉글랜드의 동인도회사

(Governor and Company of Merchants of London Trading into the East Indies)였다.

여순부윤을 지내기도 했던 한재흠이 공식적으로 이들과 협상하고, 같은 조건으로 소위 요상(遼商)들이 잉글랜드 도버(Dover) 및 사우샘프턴(Southampton) 항에 입항할 수 있는 권리를 획득했다.

이를 계기로, 요상은 처음으로 기존 동아시아 국가들에서 원양 항해에 사용하던 교관선에 서양식 대형 범선의 요소를 많이 도입한 요동형 범선을 건조하여 선발주자들이 넘쳐 나는 국제적 원양 무역에 뛰어들기 시작했다.

이들은 재빠르게 양나라 항주, 상남서, 인도 등지에 상관을 세웠고, 북방 무역에는 내상에 밀리기 시작하는 계양양행에 대규모 자본을 출자하여 사실상 계열회사(系列會社) 형태로 만들어 함상의 조직에 크게 관여하기 시작했다.

요상은 손실을 감수하고서라도 직접 유럽 무역에 참여하기 위해 잉글랜드의 도버와 사우샘프턴에 상관을 세우고 주재원을 파견했다.

또한 유럽의 금융 중심지라고 할 수 있는 암스테르담

에는 요상의 사무원이 국왕의 교지(敎旨)를 받아 반공식적인 대사(大使)로 주재하도록 했다.

사실상 동양 최초로 유럽에 상주하는 외교관을 파견한 것이었다.

이러한 조치들은 한창 발전하고 있는 요동의 경제와 맞물려 막대한 효과를 창출해 냈다.

1661년에는 네덜란드 암스테르담의 증권거래소(Amsterdamse effectenbeurs)를 본따 심양에「왕립고권거래소(王立股券取去來所)」를 세우고, 그 분소를 여순에도 두어 거래를 원활이 할 수 있도록 하였다.

다만 고금(股金, 주식) 가격의 변동은 이틀 걸러 한 번으로 엄격하게 제한되고, 그동안은 공시된 가격으로만 거래할 수 있도록 했다.

거래가가 지나치게 변동하는 것을 방지하고자 한 것이기도 했지만, 심양과 여순의 양 거래소에서 이루어지는 거래 상황을 시차 없이 취합할 수 있는 방법이 없기 때문이기도 했다.

때문에 거래가 끝나자마자, 심양과 요양에서는 각자 급편(急便)으로 전령을 보내 밤새 달려 다음 날 아침에 거래 결과를 취합하는 기묘한 형태가 등장하게 되었다.

거래소 간의 결과 전달 외에도 공식적으로 우편에 대한 수요는 증가하고 있었고, 때문에 이즈음에 이르러 기존에 이미 깔려 있던 석조가도를 중심으로 우편마차가 등장하게 된다.

최초의 우편 기관은 요동에서 나라에서 세운 것이 아니라, 개인 사업으로 시작되었고, 이렇게 생겨난 몇 개의 우편 취급업자들은 역마차가 운행하는 길을 따라 주요 도시에 우편 취급소를 세우고 자신들이 직접 임대하거나 사들인 우편 마차를 통해 전국으로 실어 날랐다.

이러한 경험을 바탕으로, 이들은 우편 제도가 아직 미숙한 내지에 진출하여 내지의 우편 수요를 장악하기 시작할 정도가 되었다.

이 시기 요동의 발전상은 놀라울 정도였고, 당시 요동을 여행했던 아벨 얀스존 타스만(Abel Janszoon Tasman)은 경이롭다는 어조로 심양에 대해 다음과 같이 기록하고 있다.

……유럽에서 이곳과 비견할 수 있을 만한 도시는 손에 꼽을 정도이다. 암스테르담조차도 심니안(Simniaan, 심양)에 비해서는 그 빛이 바랄 정도다.

혼 강(Hoon—Rivier, 혼하)의 북안(北岸)에는 세워진 지 수백 년이 넘은 훌륭한 성곽도시가 서 있고, 이를 중심으로 수십만에 가까운 인구가 생활을 영위하고 있다.

깨끗한 돌로 닦인 훌륭한 도로가 사방으로 뻗어 나가고 있으며, 이 길을 따라 전국에서 올라온 역마차가 심양에 들어온다.

건물들은 단정하나 사치스럽지 않고, 주민들의 위생 상태는 깨끗하다.

상하수도가 도시 전역에 뻗어 있고, 유럽에서는 볼 수 없는 오물(汚物)의 집하가 이루어진다. 이렇게 모인 오물은 심니안의 외곽에 위치한 여러 작업장에서 수분을 걸러내고 비료로 만들어져 농가로 판매된다.

도시의 중앙에 위치한 왕궁의 정문과 마주한 광장의 들레에는 요동이 자랑하는 왕립대학과 백 수십 년 전 선대 국왕이 직접 조영한 훌륭한 도서관 겸 박물관이 자리하고 있다.

또한 그리스 정교의 교구좌 성당이 매끄럽고 고풍스러운 자태로 서 있다.

이 도시에서는 모든 민족을 볼 수 있으며, 세상에서

가장 부유하고 교육받은 사람들이 살고 있다는 말이 전혀 과언이 아닐 것이다.

이때 동인도회사의 촉탁을 받아 심양에 상관을 설치하는 문제를 교섭하기 위해 심양에 왔던 타스만은, 요동에 깊은 감탄을 하고 정착을 하길 원해, 교섭이 완료되면 요동국 정부에서 직접 자신을 고용해 줄 수 없는지를 타진해 보았다.

그러나 타즈만 본인과 요동 모두에게 불행스럽게도 이 일은 잘 진행되지 않았다.

더군다나 동인도회사에서도 심양에 상관을 설치하는 문제에 소극적으로 변함에 따라, 타스만은 더 이상의 요동 체제를 할 수 없게 되었고, 이후 바타비아에서 동인도회사에 사표를 제출한 뒤, 일본으로 건너갔다.

당시 뒤늦게 원양 무역에 큰 관심을 기울이고 함대를 육성하고자 하고 있던 일본의 아즈치 막부에서는, 타스만을 큰 비용을 들여 고용했고, 그에게 함대를 내어 주어 이미 경쟁이 치열한 신대륙과 동인도 일대를 피해 남방을 탐사하도록 했다.

바타비아의 동인도회사와도 협상을 거쳐, 타스만은

일본과 네덜란드의 연합 함대를 꾸려 바타비아를 출항해 남동쪽 바다로 향했다.

향료제도를 거쳐 남쪽으로 내려간 타즈만은 거대한 대륙으로 추정되는 섬(실제 역사에서의 오스트레일리아)의 해안을 찾아 항로도를 그렸고, 훗날 그의 이름을 따 태즈먼 해(Tasman Sea)라 불리게 될 바다를 건너 마오리족이 거주하고 있는 아오테아로아(Aotearoa: 뉴질랜드의 마오리족 이름)에 다다랐다.

그는 이 땅을 네덜란드의 지명을 따서 니우 젤란드(Nieuw—Zeeland)로 명명했다.

일본어로는 마오리 지명을 그대로 옮겨 아오테아로아(蒼手阿몸阿), 약칭 아오테(蒼手)로 불리게 되었고, 이것이 한국어권으로 건너와 창수국(蒼手國)으로 불리게 된다.

어찌 되었든 네덜란드와 공히 최초로 남방 대륙을 발견하게 된 일본은, 훗날 대남양주(大南洋洲, 오스트레일리아)의 지배권을 두고 네덜란드와 다투게 된다.

이 소식을 뒤늦게 들은 요동왕 김윤은 그다지 이 일을 아쉬워하지 않았는데, 훗날 이 지역이 지니게 될 가치를 전혀 예상하지 못했기 때문이었다.

오히려 그는 독자적인 원양 항해의 능력이 아직도 모자라 외국인 선장을 고용해 네덜란드와 연합 함대를 꾸려 탐험하는 일본에 대해서 비웃었다.

"섬 근처에서 물고기나 잡던 이들이 큰 바다로 나오자니, 그 능력이 미치지 못하는 것이 많다. 그 타즈만이란 자는 우리나라에 먼저 귀순하기를 청하였으나 그 능력에 대해 확신이 없어 받아들이지 않았는데, 갈 곳이 없으니 일본으로 갔구나."

그러나 아무리 요동의 개혁기를 꽃피운 김윤이라고 하나, 이것은 오판이었다.

이 시기를 계기로 일본은 대양 함대를 꾸준히 갖춰 나가기 시작했고, 진서와 북해에 의해 막혀 있는 대륙 방면이 아니라 드넓게 뚫려 있는 대양으로 시선을 돌리기 시작한다.

이들은 신대륙과 아시아를 잇는 대창해의 동서를 관통하는 항로에 공을 기울이고 있는 한국과는 달리, 남방 항로에 투자하기 시작한다.

훗날 필리핀[呂宋]과 남양군도(南洋群島), 대남양주, 혹은 호주(濠洲)와 니우 젤란드를 둘러싼 본격적인 식민지 경쟁에 일본이 일찌감치 뛰어들게 된 이유였다.

이렇게 그의 치세 동안 남긴 수많은 공과(功過)를 뒤로하고, 요동왕 김윤은 1662년, 일흔둘의 나이로 서거했다.

시호는 「현양왕(賢陽王)」으로 올려졌다.

김윤의 아들로, 그 해 마흔하나의 나이었던 김승(金鼐)이 왕위를 이었다.

현양왕 김윤이 성경의 태안궁에서 조용한 임종을 맞이하고, 세자 김승이 왕위를 이은 그 해, 최초의 일본인 개척자들이 고슈(濠洲, 호주)의 동북해안에 상륙했다.

120명의 규모였다.

≪대한제국 연대기 11권에 계속≫

대한제국 연대기

1판 1쇄 찍음 2012년 4월 12일
1판 1쇄 펴냄 2012년 4월 17일

지은이 | 김경록
펴낸이 | 정 필
펴낸곳 | 도서출판 **뿔미디어**

편집장 | 이재권
기획 · 편집 | 심재영
편집디자인 | 이진선
관리, 영업 | 김기환, 임순욱

출판등록 | 2002년 9월 11일 (제1081-1-132호)
주소 | 부천시 원미구 상3동 533-3 아트프라자 503호 (우)420-861
전화 | 032)651-6513 / 팩스 032)651-6094
E-mail | BBULMEDIA@paran.com
홈페이지 | www.bbulmedia.com

값 8,000원

ISBN 978-89-6639-628-3 04810
ISBN 978-89-6359-812-3 04810 (세트)

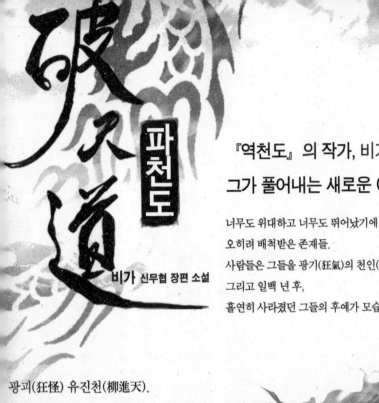

破天道 파천도

비가 신무협 장편 소설

『역천도』의 작가, 비가.

그가 풀어내는 새로운 이야기!!

너무도 위대하고 너무도 뛰어났기에
오히려 배척받은 존재들.
사람들은 그들을 광기(狂氣)의 천인(天人)이라 불ㄹ
그리고 일백 년 후,
홀연히 사라졌던 그들의 후예가 모습을 드러낸다!

광괴(狂怪) 유진천(柳進天).
무학의 상식을 파괴하고 법도를 조롱하는 그의 등장에
천하가 폭풍처럼 요동친다!

"이곳에서 지켜보십시오. 나의 삶을, 나의 길을.
천하가 나를 막는다면 천하를 부수고.
하늘이 나를 막는다면 하늘을 부수겠습니다."

중원에 뿌리박힌 무(武)의 재해석!

지금 이 순간,
유진천의 신화가 시작된다!